AF290733

© 2025 Herbert W. Richard
Verlag: BoD · Books on Demand GmbH,
In de Tarpen 42, 22848 Norderstedt, bod@bod.de
Druck: Libri Plureos GmbH, Friedensallee 273,
22763 Hamburg
ISBN: 978-3-8482-2860-7

# Autor Herbert W. Richard

Er schreibt aus Leidenschaft. Seine Mutter war Wienerin und sein Großvater Schulrat in Wien. Von beiden hat er die Liebe zum Schreiben geerbt. Als Manager im Exportgeschäft hat er viele Länder und Orte der Welt bereist.

Folgende Bücher wurden von dem Autor bisher veröffentlicht:

- Business, Tango und Liebe
- Ein Hund ist auch nur ein Mensch - aber der Bessere
- Wien - wo alles begann
- Flucht vor dem Syndikat
- Namibia - Schicksalsjahre einer Farmerfamilie

Umschlagsgestaltung:
Alma C. Richard, Madrid

Herbert W. Richard

# Eine starke Familie

Als Barbara Steiner ihren Ehemann Peter am frühen Morgen zur Haustüre ihrer Villa am Rande von Frankfurt in Königsstein begleitete, da musste sie, wie so oft in den letzten Jahren, für einige Tage Abschied von ihm nehmen. Wieder einmal hatte er sich auf eine Geschäftsreise ins Ausland begeben.

- Pass auf dich auf Liebling, Amsterdam ist vor allem in der Nacht ein gefährliches Pflaster geworden. Es wird immer wieder über schlimme Taten berichtet.

- Ja, ich bin vorsichtig, ich will ja wieder gesund zu dir und den beiden Mädchen zurückkehren. Aber jetzt muss ich los, der Flieger wartet nicht, antwortete er und nahm seine geliebte Frau in die Arme und küsste sie leidenschaftlich.

Barbara Steiner ging zurück in die Küche und trank Gedanken verloren noch einen Kaffee. Nun war sie wieder einmal mit ihren

Mädchen Lena und Maren allein auf sich gestellt und wartete auf die Rückkehr ihres Mannes, der weltweit beruflich unterwegs war.

Sie hatte sich damit abgefunden und ihren eigenen Weg gefunden.

Barbara war vor der Geburt ihrer beiden Kinder als Grundschullehrerin tätig und hat sich später sehr erfolgreich als Kinderbuchautorin betätigt. Ihr letztes Buch fand sehr großen Anklang und wurde ein Bestseller. Mit dieser Tätigkeit fand sie ihre Erfüllung und machte sie zufrieden mit ihrem Leben, das nicht nur aus Küche und Kinder bestand.

Mit ihren Freundinnen Helga und Claudia traf sie sich einmal in der Woche in einem Kaffee zum Plausch und Unterhaltung.

Dabei kamen auch die amourösen Abenteuer der beiden zur Sprache.

Die beiden trafen sich einmal im Monat mit jüngeren Männern und vergnügten sich mit ihnen.

- Komm doch mal mit und erlebe mal etwas Neues, dein Mann wird auf seinen Auslandsreisen auch nicht als Mönch leben! war ihre Aufforderung an ihre Freundin Barbara, die stets höflich ablehnte.

Barbara liebte ihren Mann über alles und war sich sicher, dass er sie nicht betrog. Chancen hatte die hübsche blonde Frau mit einer tollen Figur alle mal. Das spürte sie bei diversen Begegnungen, auch im Freundeskreis, bei der sie Komplimente bekam, oft mit einer offenen Werbung für ein Abenteuer.

Aber die Treue war für sie die wichtigste Grundlage für eine Beziehung und vor allem in einer Ehe in der die große Liebe nicht enden wollte.

Oft blieb ihr Mann Peter auch länger als geplant unterwegs, sodass sie alle Pläne umwerfen musste.

Auch dieses Mal kam ein Anruf von ihm: - Hallo Barbara, leider komme ich heute nicht zurück. Ich hoffe zu bist nicht böse, aber ich habe noch einen wichtigen Termin in Brüssel wo ein lukratives Geschäft abzuschließen ist, hörte sie als Botschaft auf dem Anrufbeantworter.

Peter war in Amsterdam mit seinen Geschäftspartnern nicht zum Abschluss gekommen. Sie verwiesen ihn auf ein Tochterunternehmen in Brüssel mit dem er verhandeln müsse und die auf seinen Besuch warteten.

Kurzentschlossen fuhr er nach Brüssel und checkte in einem Hotel am Grote Markt in der Stadtmitte ein. Ganz in der Nähe waren die Sehenswürdigkeiten wie das Schloss und das bekannte Monument Manneken Pis.

Nach einem Abendessen in einem kleinen Restaurant, besuchte er noch die Hotelbar in seinem Hotel und bestellte einen Caipirinha sein Lieblingscocktail.

Zwei Barhocker neben ihm saß eine sehr hübsche junge Frau die ebenfalls einen Caipi trank. Sie blickte zu ihm herüber und sagte:  - Jamas , ein griechischer Trinkspruch.

Ihre dunklen Augen, die einen besonderen Glanz ausstrahlten, schauten ihn herausfordernd an.

- Mein Gott ist die hübsch, eine ganz besondere Rarität , dachte er und lud sie zu einem weiteren Caipi ein, mit dem sie anstießen. Mittlerweile war er an ihre Seite gerückt.

An diesem Vormittag besuchte er das Unternehmen und begann dort mit den Verhandlungen über eine Zusammenarbeit. Es wurde ein Fragenkatalog erstellt, der in einem Arbeitskreis zunächst in der Firma diskutiert werden sollte. Am nächsten Tag wollte man sich dann erneut treffen.

Am späten Nachmittag schlenderte Peter Steiner Gedanken verloren durch die Straßen der Innenstadt von Brüssel.

Er musste immer wieder an die vergangene Nacht und die leidenschaftliche Begegnung mit der wunderschönen Helena denken.

 - War sie bereits abgereist ohne noch mal Kontakt mit ihm aufzunehmen. Nein das konnte er sich bei einer so stürmischen Nacht eigentlich nicht vorstellen.

Er spazierte an der Kathedrale St. Michael vorbei und entlang der vielen Restaurants und Cafés in dieser Gegend.

Vor einer wunderschönen Brasserie blieb er stehen und beschloss diese spontan zu besuchen und sich seinen Gedanken hinzugeben.

Das Café war sehr gut besucht und er fand nur noch einen Platz im hinteren Bereich.

Nachdem er sich einen Café bestellt hatte, schaute er sich um und musterte seine Umgebung. Sein Blick schweifte an einen großen Tisch, an dem zahlreiche Personen in Uniform saßen und in ein Gespräch vertieft waren.

Dabei blieb sein Blick hängen an einer weiblichen Person die ihm am nächsten saß.

- Mein Gott, die sieht ja aus wie Helena, das kann doch nicht sein. Aber ja sie ist es! Er hatte offensichtlich mit einer Soldatin geschlafen.

Er reichte dem Kellner seine Visitenkarte um sie Helena zu überreichen, die sofort suchend sich umschaute. Nachdem er ihrem Blick begegnet war, stand sie unvermittelt auf und ging zur Toilette.

Er folgte ihr dann und sie trafen im Gang aufeinander und nahmen sich spontan in die Arme.

- Helena, du eine Soldatin? Das ist wie ein Wunder!

- Ja, Peter ich erzähle dir alles heute Abend im Hotel. Um zwanzig Uhr treffen wir uns im Restaurant!

Damit ging sie zurück an ihren Tisch.

Peter war völlig perplex und war innerlich total erregt, zumal er nicht mehr mit einem Wiedersehen gerechnet hatte.

Im Hotel zurückgekehrt erhielt er einen An-ruf seiner Frau Barbara, den er mit sehr ge-mischten Gefühlen annahm.

Nie war er bisher in all den Jahren seiner Frau untreu gewesen und nun das!

- Wie ist es in Brüssel, Liebster, gehts gut mit den Geschäften. Ich vermisse dich sehr.

- Oh ja liebe Barbara es geht gut. Leider kann ich jetzt nicht reden, da wir hier noch in einem Gespräch sitzen. Küsse, ich melde mich später- und legte auf.

Mehr konnte er im Moment aufgrund seiner aufgewühlten Gefühle nicht mir ihr sprechen.

Gleichzeitig wurde er von großer Reue erfasst. Wie sollte das weitergehen, er wollte keine Probleme verursachen, zumal er seine Frau nach all den Jahren immer noch sehr liebte.

Auf der anderen Seite war da diese aufregende und wunderschöne Frau, die ganz neue Gefühle in ihm geweckt haben, die in seiner Ehe schon etwas eingeschlafen waren.

Heute Abend musste er dieses Abenteuer beenden und Helena aus seiner Erinnerung streichen.  - Ja, so werde ich es machen! Es gibt keinen anderen Weg! -

Im Hotel ging er am Abend mit sehr gemischten Gefühlen in das Restaurant, wo er einen gemütlichen Tisch reserviert hatte.

Auf der einen Seite lockte das Abenteuer mit ganz neuen Gefühlen, auf der anderen Seite war da seine Frau und seine Familie, denen er treu sein wollte!

Als er sie am Eingang kommen sah, da war er wieder von ihr völlig hingerissen.

Was für eine Schönheit! Dieser schwebende Gang, die wunderschön geformten Beine und das gewinnende Lächeln mit einem Mund der zum Küssen einlud. Eine zauberhafte Frau, der er nicht widerstehen konnte, dachte er als sie ihm gegenüber Platz nahm.

- Peter es ist wundervoll dich wiederzusehen. Ich konnte die vergangene Nacht nicht vergessen! Sie reichten sich die Hände und Peter gab ihr einen zarten Handkuss.

- Auch ich musste die ganze Zeit an dich und an die Stunden unserer Leidenschaft denken!

- Peter zunächst zu mir und meiner Soldatenuniform. Ich bin in der Tat eine Offizierin und ich bin zurzeit bei dem Nato- Stab in der Führung. Nach sechs Monaten werde ich wieder versetzt und erhalte eine neue Aufgabe, die mich auch an eine Frontlinie bringen könnte. Deshalb, lieber Peter, kann ich mich nicht fest binden und natürlich auch keine Familie gründen. Nach dem Erlebnis mit dir ist das sehr schwer für mich!

Aber bitte erzähle auch etwas aus deinem Leben!

Peter berichtete offen von seinen Familienverhältnissen und seinem bisherigen Leben, ohne Dinge zu verschweigen.

 - Helena, bevor ich dich kennenlernte, hätte ich niemals daran gedacht mich in eine andere Frau so zu verlieben. Meine Gefühle haben mich unweigerlich zu dir geführt und eine tiefe Leidenschaft ist in mir entstanden, obwohl wir uns nur so kurz kennen. Das ist die Situation in der ich mich befinde.

Helena sah ihn mit leuchtenden Augen an und beugte sich über den Tisch um ihn zu küssen.

- Peter ich habe mich in dich verliebt, sowie es bisher mit keinem anderen Mann war!

Beide waren so mit ihren Gefühlen beschäftigt, sodass sie den Kellner nicht bemerkten, der ihnen die Menü- Karte überreichte und bei dem sie ihren geliebten Caipirinha bestellten.

Als dann das Essen serviert wurde und sie begannen die Dorade zu verspeisen, da hatten beide das Gefühl als ob sie schon sehr lange zueinander gehören würden. Es war eine Vertrautheit wie bei Paaren die sich schon länger kennen.

An der Bar tranken sie noch zwei Cocktails und mit Austausch von zärtlichen Blicken gingen sie dann auf das Hotelzimmer.

Auch dieser Abend und die Nacht war erfüllt von großer Leidenschaft, die beide so vorher nicht erlebt hatten.

Am Morgen nahmen sie zusammen das Frühstück ein und vereinbarten sich vor der Abreise von Peter noch einmal am späten Nachmittag zu treffen.

Peter konnte bis zum Mittag seine Geschäfte mit einem Vertrag abschließen und vereinbarte einen neuen Termin in zwei Wochen.

Mit seiner Frau hatte er inzwischen telefoniert, die etwas verwundert war, weil er sich nicht zwischendurch gemeldet hatte. - Ach Liebling es waren diesmal sehr anstrengende Verhandlungen, die sich bis zum späten Abend hinzogen, - versuchte er zu erklären.

Am Nachmittag traf er Helena in der Brasserie in der Nähe der Kathedrale.

Schweigend mit traurigen Blicken saßen sie sich gegenüber.

Helena fragte ihn mit Tränen in den Augen - Wann sehen wir uns wieder?

Peter versprach sie in zwei Wochen in Brüssel wiederzusehen und gab ihr einen Abschiedskuss, den sie mit voller Leidenschaft erwiderte.

Auf der Heimfahrt konnte er nur an Helena denken und wurde gleichzeitig von Gewissensbissen geplagt. Wird Barbara etwas bemerken? Frauen haben bekanntlich ein gutes Gespür. Er musste

möglichst zu Hause Brüssel sofort hinter sich und absolute Normalität einkehren lassen.

Als er in seine Hofeinfahrt in Königsstein einbog, sah er schon Barbara die sich im Vorgarten beschäftigte. Freudig kam sie auf ihn zugelaufen und schloss in fest in ihre Arme.

Mit einem leidenschaftlichen Kuss begrüßte sie ihn. - Ach Liebling ich habe dich diesmal besonders vermisst. Deine fehlenden Anrufe haben mich in meiner Einsamkeit bestärkt, aber jetzt habe ich dich ja wieder!

Peter erwiderte die Umarmung und ein wenig Reue kroch in ihm hoch, die er sich aber nicht anmerken lassen durfte.

jetzt ohne ihn unternehmen? Dachte sie überhaupt noch an ihn, oder war er nur eine vergängliche Liebschaft die man schnell vergisst?

So und ähnliche Gedanken beschäftigten ihn manchmal, ohne das Barbara seine Gedanken erraten konnte.

So vergingen die nächsten Tage und als dann in der 2. Woche die Reise nach Brüssel anstand, wurde sein Gewissen wieder erneut aufgerüttelt.

Neben einem Gefühl mit vielen Fragezeichen, kam auch eine große Vorfreude auf, wenn er an Helena denken musste. Ob er mit ihr wieder so leidenschaftliche Stunden verbringen konnte, oder würden seine Gewissensbisse ihn davon abhalten?

Solche und andere Gedanken gingen in seinem Kopf vor.

Als er dann in seinem Auto Richtung Brüssel unterwegs war, wichen die Fragezeichen und eine große Erwartungshaltung machte sich breit.

Er checkte im gleichen Hotel ein und erhielt schon an der Rezeption einen Brief mit der Handschrift von Helena, den er mit zitternden Händen am Zimmer öffnete.

- Lieber Peter, ich kann es kaum erwarten dich wiederzusehen und in deiner Liebe zu versinken. Die beiden letzten Wochen ohne dich waren furchtbar für mich. Ich hätte nie gedacht einen Menschen so zu lieben wie dich! Ich freue mich schon sehr auf den heutigen Abend und habe große Sehnsucht nach dir! Küsse, deine Helena!

Peter, der den Brief auf dem Bett sitzend gelesen hatte, war total berührt und konnte den Abend kaum erwarten.

Konnte er dieser großen Liebe gerecht werden? fragte er sich immer wieder und fand darauf keine Antwort. Er stand zwischen zwei Frauen, die er jede auf ihre Weise liebte.

Mit Barbara verband ihn eine enge, über viele Jahre gewachsene Liebe und Partnerschaft, die gekrönt wurde durch zwei prachtvolle Töchter.

Helena, die rassige Griechin, hatte ihn mit ihrer leidenschaftlichen Liebe komplett aus der Bahn geworfen und er war in kürzester Zeit zu neuen Ufern aufgebrochen. War das sein neues Leben oder nur eine Episode?

So sehr er sich in Gedanken vertiefte, er konnte keine endgültige Antwort finden.

Mit diesen gemischten Gefühlen erwartete er Helena in ihrem Lieblingsrestaurant in Brüssel.

Als sich die Eingangstür öffnete und sie mit einem strahlenden Lächeln auf seinen Tisch zu steuerte, da waren bei Peter alle Zweifel wie weggeblasen. Dieser reizenden und wunderschönen Frau konnte er nur seine Liebe entgegenbringen!

Er sprang auf und beide umarmten sich leidenschaftlich einige Minuten, sodass die anderen Gäste schon auf sie aufmerksam wurden.

- Helena, du bist ja noch schöner geworden, hauchte er ins Ohr und ihre Augen waren in einander vertieft.

- Ach Liebster, du hast mir so gefehlt, ich glaube, dass ich ohne dich nicht mehr leben kann. Ich hatte so große Sehnsucht nach dir, flüsterte sie zurück. Als sie sich gegenübersaßen und das Essen bestellt hatten, konnten ihre Blicke nicht mehr voneinander lassen. Es war wie ein Traum in dem sie gefangen waren und der sie in eine andere Welt entführte.

Nach dem hervorragenden Mahl mit verschiedenen Meeresfrüchten und einem formidablen Nachtisch tranken sie noch eine Flasche Chablis, bevor sie in Richtung Hotelzimmer gingen um ihrer Leidenschaft freien Lauf zu lassen.

Dabei übernahm Helena die erotische Führung in dieser Nacht, die Peter zu unentdeckten Ufern führte und unter ihrem Dirigat eine völlig neue Art der Leidenschaft entdeckte, die das eigene Ich völlig vergessen machte und der der Erfüllung galt. Als beide am Morgen engumschlungen aufwachten, begann für sie eine neue Epoche in ihrer Beziehung.

Sie hatten ihre Hemmungen völlig hinter ich gelassen und sich nur auf sie beide konzentriert.

Die Trennung nach dem gemeinsamen Frühstück fiel beiden sehr schwer und nur der bevorstehende Abend konnte sie trösten.

Peter, der heute schwierige Verhandlungen führen musste, konnte sich nicht richtig konzentrieren.

Er war mit seinen Gedanken immer noch bei Helena und der letzten Nacht von der er sich nicht trennen konnte.

Gleichzeitig belastete die Begegnung mit Helena seine Gedanken die nach Hause zu seiner Frau Barbara führten. Diese treue und liebevolle Frau, die immer für alle da war, wurde von ihm betrogen,

Peter versuchte diese düsteren Gedanken zu zerstreuen und widmete sich wieder voll seiner geschäftlichen Tätigkeit, für die er volle Verantwortung trug.

Er konnte bis zum Nachmittag alle Vereinbarungen unter Dach und Fach bringen, sodass er zukünftig nicht mehr nach Brüssel reisen musste.

Was wird dann aus der Beziehung zu Helena, wo würden sie zusammenfinden oder gab es keine Zukunft für ihre Liebe?

Als sie am Abend im Restaurant sich gegenübersaßen, da begann Helena als erste - Peter, ich werde Brüssel verlassen, meine neue Dienststelle befindet sich für die nächsten sechs Monate in München.

 - Oh, das ist ja sehr praktisch, ich bin sehr oft geschäftlich dort, oftmals mehrere Tage am Stück - erklärte Peter erfreut.

Sie stießen mit einem Caipirinha auf die neue Zeit an, die offensichtlich vor ihnen lag, und. begannen so den neuen gemeinsamen Abend, der aber nach einem Telefonat das Peter am Tisch erhielt genauso überraschend endete.

- Entschuldigung Helena, hier muss ich annehmen, Augenblick bitte, es scheint etwas Wichtiges zu sein. Barbara war am Apparat: - Peter, ich hoffe ich kann dich stören.

Unsere Tochter Lena, die heute mit Freundinnen in Frankfurt unterwegs war, ist nicht bisher zurückgekehrt und niemand weiß wo sie sich aufhält. Ich bin verzweifelt und war schon bei der Polizei, die eine Fahndung herausgegeben haben. Kannst du möglichst schnell nach Hause kommen, ich brauche deine Hilfe und Unterstützung.

Peter erklärte, dass er sich sofort auf den Weg machen würde.

Der Abschied mit Helena fiel deshalb sehr knapp und mit großer Eile aus.

Auf der Fahrt in Richtung Frankfurt war Peter in tiefer Sorge um seine Tochter Lena, die er sehr liebte und er sich ihr plötzliches Verschwinden überhaupt nicht erklären konnte.

Sie bewegte sich in soliden Freundeskreis und bisher gab es ihrerseits keinerlei Eskapaden.

Als er nach stundenlanger Fahrt in seinem Haus ankam, stand schon ein Polizeiwagen vor dem Haus geparkt.

Eilig und mit Herzklopfen betrat er sein Wohnzimmer indem die Restfamilie und zwei Polizeibeamten saßen.

- Ach Peter, auf dich haben wir schon gewartet und brauchen deine Unterstützung, sprach Barbara mit Tränen in den Augen.

Die Polizeibeamten stellten ihnen verschiedene Fragen bezüglich Lena und ob sie Veränderungen an ihr in letzter Zeit festgestellt haben und ob sie irgendwelche Feinde in ihrem Umkreis habe. All das wurde verneint und man war im Familienkreis ratlos.

- Es bleibt noch die Möglichkeit eines Verbrechens, erklärte der Kommissar und deutete an, dass es sich auch um eine Entführung handeln könnte, zumal die Familie Steiner eine bekannte Unternehmerfamilie ist, die man erpressen könnte.

Der Kommissar erklärte ihnen besondere Verhaltensweisen falls sie eine Nachricht von möglichen Entführern erreichen würde.

- Bitte nie ohne Abstimmung mit uns handeln, sonst könnte das Ganze mit einer Katastrophe enden. Sie bekommen von uns eine Telefonnummer wo sie immer einer unserer Beamten erreichen können, erklärten die Polizisten.

Nachdem sie das Zimmer von Lena besichtigt hatten verabschiedeten sie sich und ließen die Familie sorgenvoll und niedergedrückt zurück.

Betroffen saßen alle da und dachten an die arme Lena deren Schicksal ihnen sehr nahe ging.

Peter, der sich als erster wieder gefangen hatte versuchte allen, vor allem Barbara, Trost zu spenden.

- Ihr werdet sehen, das überstehen wir und morgen werden wir unsere Lena wieder in die Arme schließen können und du Maren darfst bis dahin nicht mehr ans Telefon gehen. Das musst du Mama und Papa überlassen.

Mit trauriger Miene saßen sie noch alle beisammen bis dann das Ehepaar nach Mitternacht schlafen ging. Richtigen Schlaf konnte allerdings niemand von Ihnen finden.

Am frühen Morgen saßen sie dann alle am Frühstückstisch und sie bekamen von der Polizei die Nachricht, dass es bezüglich Verbleibs ihrer Tochter keine neuen Nachrichten gab. Man gehe aber inzwischen davon aus, dass es sich um eine Entführung handele.

Keiner aus der Familie konnte sich konzentrieren und man wartete auf eine Nachricht, die ihnen Gewissheit geben könnte.

Aber der Tag ging zu Ende ohne das etwas Neues sich ereignete.

Es entstand eine große Leere im Haus und alle waren niedergeschmettert von der Ungewissheit.

Am nächsten Morgen als Peter im Bad stand, ging sein Handy und er vermutete die Firma am anderen Ende.

Aber es war eine fremde, leicht verzerrte Stimme, die damit begann: - Sind sie Peter Steiner, der Vater von Lena? - Ja, der bin ich, wo ist meine Tochter? - Keine Fragen, hier spreche nur ich. Nehmen sie 100.000 €uro in einem Einkaufsbeutel und kommen sie innerhalb der nächsten Stunde zum Eingang Hauptbahnhof in Frankfurt. Achtung! Wenn sie die Polizei verständigen ist ihre Tochter tot, sprach es und legte auf.

Peter, der sehr betroffen war, verständigte sofort Barbara und sie beschlossen, die Polizei trotzdem sofort zu verständigen.

- Fahren Sie hin, wir werden da sein und fragen sie bei der Geldübergabe sofort wo sie ihre Tochter abholen können.

Peter versteckte das von der Polizei überlassene Aufnahmegerät in seiner Jackentasche und fuhr mit äußerst gemischten Gefühlen los.

Zuvor hatte Barbara ihm noch nachgerufen: - Bitte bring unsere Tochter wieder gesund nach Hause, bitte, bitte Liebster!

Der Weg bis zum Hauptbahnhof erschien Peter schier endlos, zumal gerade heute ganz dichter Verkehr herrschte.

Vor dem Bahnhof stellte er sein Auto auf den nächsten freien Platz und eilte mit gemischten Gefühlen auf den Haupteingang zu und erblickte den zuvor beschriebenen Mann mit der Bayern- München - Mütze.

Ohne Zögern ging er nun auf den jungen Mann zu und gab sich zu erkennen.

Dieser nahm ihm sofort die Tüte mit dem Geld aus der Hand und flüsterte ihm kaum vernehmlich zu:  - In fünf Minuten ruft sie ihre Tochter an. Dann lief er unvermittelt los und ließ Peter völlig verzweifelt zurück.

Er blickte in die Runde um zu sehen, ob die Polizei sich näherte. Als dies nicht der Fall war, wartete er noch eine Zeit lang und griff sofort zum Handy als es läutete: - Hallo wer ist da? schrie er in das Telefon.  - Papa, ich bin es, Lena, ich sehe dich schon vor dem Bahnhof.

Lena kam auf ihn zugelaufen und er nahm sie in seine Arme und küsste sie immer wieder und Lena umarmte ihn wie sie es vorher mit dieser Intensität noch nie getan hatte.

- Ach Papa ich bin ja so froh wieder bei euch zu sein, bitte rufe direkt Mama an, die auf heißen Kohlen sitzen wird.

Zuhause angekommen war die Freude riesengroß und alle fielen sich in Arme und die Freudentränen flossen reichlich.

Barbara nahm Peter zu Seite, blickte ihn dankbar und zugleich verliebt an: - Peter, was sind wir eine tolle Familie und man sieht, wenn es schwierig wird stehen wir wie ein Fels zusammen. Ich liebe dich sehr, sagte sie und küsste ihn minutenlang.

Lena erzählte nun wie ihre Entführung von statten ging: - Als ich aus der Schule ging, kam ein Junge auf mich zu und sagte, dass mein Vater auf mich wartet. Ich soll mitkommen es sei direkt neben dem Schulgebäude. Ich folgte ihm etwas ungläubig und als ich an der Ecke ankam stand ein Auto mit laufendem Motor dort. Ein Mann stieg aus, ergriff mich und hielt mir den Mund zu. Ein anderer Mann zerrte mich in das Auto, das mit Vollgas davonfuhr. Ich wurde gefesselt und die Augen wurden mir zugebunden. Man brachte mich in ein Gebäude indem es nach Autowerkstatt roch und erklärte mir, dass mir bei ruhigen Verhalten nichts passieren würde und ich nach Zahlung des Lösegeldes sofort freigelassen würde. Meine anfängliche große Angst verflog allmählich und ich wurde ansonsten gut behandelt. Mein Gott bin ich so froh wieder daheim zu sein, seufzte Lena.

Am nächsten Tag meldete sich die Polizei bei Ihnen und erklärte man habe die Täter festgenommen und das Lösegeld komplett sichergestellt.

Alles hatte also ein gutes Ende gefunden und Peter stellte fest, wie wichtig eine intakte Familie war, die in Krisenzeiten zusammenhielt.

Er begann deshalb das Verhältnis zu Helena komplett neu zu überdenken und kam zu dem Entschluss, auch im Hinblick auf seine Töchter, es zeitnah zu beenden.

Deshalb würde er sie noch einmal in München besuchen um dann endgültig Schluss zu machen.

Mit sehr gemischten Gefühlen fuhr er dann in der nächsten Woche nach München um diesen Entschluss in die Tat umzusetzen. Er wusste, dass dies nicht leichtfallen würde.

Am Abend trafen sich Helena und Peter im Ratskeller mitten in München.

Er hatte schon Platz genommen an ihrem Tisch und wartete mit sehr gemischten Gefühlen auf sie. Als er sie herannahen sah, bemerkte er sofort, dass sie nicht so fröhlich und unbeschwert wie bei früheren Treffen wirkte.

- Hallo Liebes, sagte Peter und nahm sie in seine Arme. Sie gab ihm einen flüchtigen Kuss und setzte sich neben ihn.  - Was hast du, du kommst mir etwas verändert vor, merkte Peter an.

- Bitte lass uns zunächst das Essen bestellen. Ich habe großen Hunger, weil ich heute noch nichts gegessen habe. Dann müssen wir reden, sagte sie mit ernster Miene.

- Zunächst aber, wie geht es deiner Tochter nach dieser schlimmen Entführung?

- Jetzt wieder besser, aber es war furchtbar und hat uns allen eine große Angst eingejagt, antwortete Peter.

Nachdem sie ihr bayerisches Menü mit großem Appetit verzehrt hatten und den Nachtisch genossen, schaute Helena mit Tränen in den Augen Peter an und begann zu reden: - Lieber Peter es ist etwas passiert womit ich und wahrscheinlich auch du nicht gerechnet hast. Nachdem meine Periode ausblieb habe ich einen Schwangerschaftstest gemacht...er war positiv. Wir bekommen ein Baby.

Peter saß ihr wie versteinert gegenüber und konnte kein Wort über die Lippen bringen.

Bevor er antworten konnte sagte Helena - Peter, ich will das Kind nicht bekommen und habe mich bereits um eine Abtreibung bemüht. Ich wollte nur noch deine Meinung als Vater abwarten.

Peter hatte sich von dem Schrecken erholt und konnte sich aber spontan nicht entscheiden.

- Helena, bitte lass uns darüber noch einmal nachdenken. Wir sollten nichts überstürzen. Wir reden schließlich über ein ungeborenes Kind, entgegnete Peter.

- Worüber willst du denn nachdenken. Du bist verheiratet und hast selbst zwei Kinder. Da gibt es keine andere Entscheidung, es sei denn du wolltest deine Familie aufgeben.

Nach längerer Diskussion vereinbarten sie noch eine Bedenkzeit von einigen Tagen.

Peter konnte von seinem Entschluss mit Helena Schluss zu machen in dieser neuen Situation nicht reden.

Die kommende Nacht verbrachten beide im Hotelzimmer wobei ihre Leidenschaft und der Sex sehr zurückhaltend verlief.

Auf der Heimfahrt nach Königsstein suchte Peter verzweifelt einen Ausweg aus dieser verzwickten Situation. Schließlich beschloss er Barbara klaren Wein einzuschenken und vertraute dabei auf ihre Liebe.

Am nächsten Tag als sie im Taunus auf einer Wanderung unterwegs waren und auf einer Bank mit herrlichem Ausblick saßen, begann Peter mit unsicherer Stimme: - Barbara ich muss mit dir etwas besprechen was mir nicht leichtfällt und das mir auf der Seele brennt!

- Ja Liebling mir ist in letzter Zeit aufgefallen das du dich verändert hast und wir beide etwas Nähe verloren haben. Bitte erzähle mir was dich quält.

Peter berichtete von dem Liebesverhältnis, das er mit Helena begonnen hatte und das nicht ohne Folgen geblieben ist.

- Ich bedauere von ganzen Herzen und schäme mich sehr vor dir und den Kindern. Helena hat mich dermaßen verzaubert, sodass ich nicht mehr Herr meines Handelns war und Dinge getan habe, die ich nie für möglich gehalten hätte. Liebe Barbara, ich bitte dich von ganzem Herzen um Verzeihung, erklärte Peter und schlang seine Arme um sie.

Barbara sah ihn mit sorgenvoller Miene an und schüttelte den Kopf.

Langsam begann sie zu sprechen: - Was auch geschehen ist Peter, aber das ungeborene Kind darf nicht das Opfer sein, das auf der Strecke bleibt. Ob ich dir verzeihen kann muss ich mir noch überlegen. Natürlich hast du mich sehr enttäuscht und das Vertrauen zu dir damit stark beschädigt. Was das Ungeborene anlangt, sollten wir die Mutter dazu bringen das Kind zu gebären. Wir könnten dann das Kind adoptieren und in unsere Familie integrieren!

Peter war von diesem Vorschlag völlig überrascht und schaute ungläubig Barbara an.

- Mein Gott ist das eine gütige und herzensgute Frau- dachte er.

Laut antwortete er:  - Ich weiss nicht, ob dir das zumutbar ist. Das Kind der Geliebten des Mannes aufzunehmen und die Mutterrolle anstatt deren zu übernehmen erfordert sehr viel Kraft und Engagement. Aber wenn du willst werde ich mit Helena darüber reden.

Nach der Rückkehr in ihr Haus verbrachte Barbara den Abend mit einer engen Freundin, der sie auch sensible und persönliche Dinge anvertrauen konnte.

Peter saß grübelnd und ratlos vor dem Fernseher und langweilte sich bei einem Krimi, ohne dass er sich wirklich aus seinem Gedankenkreis befreien konnte.

Was wird aus den Kindern und was aus seiner Liebe zu Barbara, wenn diese sich von ihm trennen würde? Solche und ähnliche trübe Gedanken kamen ihm in den Sinn. Sein Gewissen machte ihn zum Schuldigen in der ganzen Angelegenheit.

Nach einigen Gläsern Rotwein legte er sich ins Gästezimmer und verbrachte die Nacht allein mit sich und all den Gedanken.

Barbara konnte ihre Sorgen mit ihrer Freundin teilen und wurde von ihr in dem Gedanken bestätigt, das ungeborene Kind in die eigene Familie zu integrieren.

Nach ihrer nächtlichen Heimkehr in ihr zuhause, war anfängliche scharfe Verurteilung von Peter, schon ein wenig zum Verzeihen übergegangen und sie wollte morgen noch mal mit ihm die gesamte gemeinsame Situation betrachten und Lösungen für ihr gemeinsames Leben finden.

Dabei dachte sie auch an ihre beiden Mädchen, die ihren Vater sehr liebten. - Diese Eskapade darf die Familie nicht zerstören und meine Liebe zu Peter muss fortbestehen, waren ihre Gedanken bevor sie einschlief.

Als sie am nächsten Morgen hinunter in die Küche ging, da war der Tisch im Speiseraum schon komplett gedeckt und ihr Mann und die Kinder saßen schon mit fröhlichen Gesichtern am Tisch. - Überraschung Mama, wir lieben dich sehr, guten Appetit.

Da war sie wieder, die vereinte Familie, in der man sich nie allein gelassen fühlte, dachte Barbara und laut zu Peter gewandt: - Können wir uns nach her noch etwas unterhalten? Der nickte hocherfreut und wollte vorher telefonisch einiges klären.

Im Wohnzimmer saßen sie dann wie in guten Zeiten eng nebeneinander und sahen sich erwartungsvoll an.

 - Barbara ich bitte dich noch mal herzlich um Verzeihung. Bitte gib mir eine zweite Chance, ich liebe dich und möchte dich nicht verlieren!

- Ich will dir vergeben, aber bitte lasse mir noch etwas Zeit. Dabei sah sie ihn mit einem verzeihenden Blick an.

- Barbara, ich habe inzwischen mit Helena gesprochen. Sie ist von unserer Idee bezüglich des ungeborenen Kindes, nicht mehr abgeneigt. Sie hat aber eine Forderung an mich gestellt, sie will dich in München kennenlernen. -

Nachdem sie zugestimmte hatte, machte Peter einen gemeinsamen Besuchstermin am Ende der Woche mit Helena aus.

Nachdem der Dialog des Ehepaares Steiner in den nächsten Tagen etwas verhalten ausfiel, tauschten sie auf der Fahrt nach München noch mal all ihre Gedanken bezüglich des ungeborenen Kindes aus.

- Peter du musst es auch wirklich wollen. Wir beide müssen hinter dieser Entscheidung stehen. Es wird nach all den Jahren noch mal ein Kind in unser Leben treten und einige Dinge verändern!  war die Meinung von Barbara, wohl wissend, dass die größte Umstellung sie betreffen wird.

Peter war von Anfang an von dieser Idee begeistert und bereitete sich innerlich schon auf die Begegnung mit Helena vor. Konnte er ihr konfliktfrei gegenübertreten und wie und ähnliche Gedanken beschäftigten ihn. Er würde mit beiden geliebten Menschen am gleichen Tisch sitzen!

Bei herrlichem Sonnenschein machte das Ehepaar Steiner zunächst mal einen

Stadtbummel durch München und Barbara kaufte für sich und die beiden Kinder noch einige Sachen ein, die sie in Frankfurt nicht gefunden hatte.

Am späten Nachmittag hatten sie sich mit Helena in einem gemütlichen italienischen Restaurant verabredet, die beim Eintreten bereits in einer Ecke auf sie wartete.

Als sich alle drei ganz nahe gegenüberstanden, herrschte erst einmal betretenes Schweigen, das von Barbara mit einem Lächeln unterbrochen wurde: - Es freut mich sie einmal persönlich kennenzulernen, auch wenn naturgemäß die Geliebte des eigenen Mannes nicht zum Freundeskreis gehört , sagte sie und streckte Helena ihre Hand entgegen.

Damit hatte sie das Eis gebrochen und Helena bat beide an ihren Tisch.

Nachdem sie eine Vorspeise zu sich genommen hatten begann Helena an Barbara gewandt zu sprechen.

- Ihre Idee das ungeborene Kind nach der Geburt in ihre Familie aufzunehmen, ist sicherlich eine gewagte Idee, findet aber meine Zustimmung, auch wenn das für mich persönlich mit größeren Umständen im wahrsten Sinne des Wortes verbunden ist!

- Helena wir würden dir den gesamten Aufwand, der entsteht natürlich vergüten und deine übrigen Bedingungen akzeptieren, sprach Peter.

- Ich möchte überhaupt keine Vergütung und unmittelbar nach der Geburt das Kind euch übergeben. Für mich ist es dabei am wichtigsten, das Kind in guten Händen zu Wissen damit es ein gutes Leben haben wird. Lass uns als Zeichen der Zustimmung die Hände reichen.

Nachdem alle drei ihre Hände gereicht hatten, herrschte eine fast frohe Stimmung am Tisch und ein Außenstehender hätte nicht gedacht wie unterschiedlich diese dreier Gesellschaft war.

Danach verließen sie das Lokal und schlenderten durch die Altstadt in den Englischen Garten.

Diese grüne Insel war an diesem schönen Frühlingstag gefüllt mit jungen Menschen, die alle froher Laune waren und schöne Plätzchen für sich suchten.

Auch Helena, Barbara und Peter ließen sich auf einer Bank nieder, beobachteten diese fröhlichen Menschen und unterhielten sich angeregt.

Dabei entstand eine Vertrautheit, die immer enger wurde und als sie sich zum Abschied die Hände reichten, waren sie sicher eine richtige Entscheidung für das ungeborene Kind getroffen zu haben.

Peter hatte das Verhältnis zu Helena beendet, aber Barbara telefonierte regelmäßig mit ihr und erkundigte sich über den Verlauf der Schwangerschaft.

Dabei kamen sich beide menschlich immer näher und nach einem weiteren Besuch von Barbara in München, entstand eine regelrechte Freundschaft zwischen beiden Frauen.

Sie hatten erkannt, dass sie in ihrem Wesen und ihrem Charakter sehr ähnlich waren.

Das Ehepaar Steiner fand aber wieder den Weg zu einander und ihre Liebe war neu entfacht.

Sie verbrachten wunderschöne Tage und Nächte miteinander.

An einem Sonntag erreichte dann Barbara der Anruf von Helena, die sich im sechsten Monat der Schwangerschaft befand und mitteilte, dass ihr Vater in Athen sehr erkrankt sei und sie deshalb bis zur Geburt nach Athen gehen würde um ihn zu betreuen. Das Kind würde in Athen zur Welt kommen, von wo sie es dann abholen könnten.

Als dann der Tag der Geburt immer näher rückte beschlossen sie ein paar Tage vorher nach Athen zu reisen um die Stadt näher kennen zu lernen.

Lena und Maren erklärten sie, dass sie einen Bruder bekommen würden, der seine Eltern bei einem Unfall verloren hätte und den sie nun in Athen abholen würden.

Beide freuten sich sehr darüber ein Brüderchen zu bekommen und verbrachten die nächsten Tage erwartungsvoll bei ihrer Tante.

Nach einem ruhigen Flug checkten sie in einem Hotel in Athen ein, von wo sie einen wunderschönen Blick auf die Akropolis, dem Burgberg, der im 14. Jahrhundert v. Chr. gegründet wurde, hatten.

Am Abend fuhren sie mit einem Taxi zu dem großen Hafen von Athen, nach Piräus und schlenderten Arm in Arm an der Hafenanlage entlang von wo sie einen wunderbaren Ausblick auf das Meer und die in den Hafen hineinfahrenden Schiffe aus der ganzen Welt hatten.

In eines der rustikalen griechischen Restaurants kehrten sie ein und begannen den Abend mit einem typischen griechischen Schnaps, dem Ouzo, begleitet von dem Trinkspruch - Jamas - den der Kellner ihnen zurief.

Sie bestellten sich eine Fischplatte mit frischen Fischen aus dem Ägäischen Meer. Dazu tranken sie den trockenen und schmackhaften griechischen Weißwein, den Retsina.

Die untergehende Sonne verwandelte das Ganze in eine filmreife Atmosphäre und beide hatten das Gefühl wie ein junges Liebespaar.

Nachdem sie noch in eine Bar eingekehrt waren und verliebt in ihr Hotel zurückkehrten, verbrachten sie eine Liebesnacht wie in jungen Jahren.

Nach dem Frühstück am nächsten Morgen besuchten sie Helena, die sich schon in der Entbindungsstation befand und sich über ihren Besuch sehr freute.

Helena war wohlauf und guter Dinge und rechnete in den nächsten Stunden mit der Geburt ihres Kindes. - Habt ihr schon einen Namen für den Jungen ausgesucht? fragte sie die beiden.

 - Wir wollen in Stephan taufen.

- Der Name heißt im Griechischen Stefanos und gefällt mir sehr gut, antwortete Helena erfreut.

Am Nachmittag besuchten sie den größten Platz in der Stadtmitte, den Syntagma- Platz mit dem imponierenden Parlamentsgebäude im Hintergrund.

Danach gingen sie zur Altstadt der Plaka in Athen, wo sich ein Lokal bzw. Restaurant aneinander reihen bis hin zur Akropolis. In diesen Straßen mit den farbenfrohen Gebäuden da wollten beide den Abend in einer der griechischen Tavernen verbringen.

Der Abend begann mit einer typischen griechischen Vorspeisenplatte, der sogenannten Mezze- Platte. Dort lagen verschiedene Gemüsesorten, getrocknete Tomaten, Käsesorten, Fladen und weitere kleine Vorspeisen appetitlich präsentiert. Dazu tranken sie natürlich einen Ouzo, das Nationalgetränk.

In der Taverne begannen gleichzeitig verschiedene Tänzerinnen mit ihren Vorführungen und begeisterten die Zuschauer mit dem Sirtaki, dem griechischen Nationaltanz.

Griechische Bouzouki- Musik die mit einem Instrument ähnlich der Mandoline gespielt wird , begeisterten auch Barbara und Peter.

Als nächste Speise bekamen sie Bohnenpüree mit Tintenfischen serviert und einen Tsatsiki- Nudelsalat.

Zum Abschluss gab es die beliebte Nachspeise Baklava, ein in Honig eingelegtes Blätterteiggebäck.

Zu später Stunde reihten sie sich in die Reihe der Sirtaki - Tänzer ein und waren hingerissen von dieser Art zu tanzen.

Am nächsten Morgen wurden sie im Bett von dem Zimmertelefon geweckt und erhielten von Helena die Nachricht, dass ein gesunder Junge geboren wurde.

Sofort nach dem Frühstück eilten sie ins Krankenhaus an das Bett von Helena, die das Baby in den Armen hielt.

Es war ein gesunder und hübscher Junge, den Helena Barbara in die Arme legte und zu Peter gewandt sagte: - Peter, das ist dein Sohn, halt ihn lieb so wie du mich einmal geliebt hast und bereite ihm ein gutes Leben, zusammen mit deiner Barbara.

Peter, der Tränen in den Augen hatte, betrachtete seinen Jungen und war sehr dankbar, dass sie alle drei diese Entscheidung zu Gunsten des Kindes getroffen hatten.

Nachdem sie alle Formalitäten bezüglich der Adoption mit den örtlichen Behörden getroffen hatten, verabschiedeten sie sich von Helena, die inzwischen wieder zu Hause bei ihrem Vater in Athen war.

- Helena, wenn du unsere Hilfe bezüglich deines Vaters benötigst stehen wir immer zur Verfügung.

Helena bedankte sich und erklärte noch einmal ausdrücklich, dass sie den kleinen Stephan in seiner Kindheit nicht begleiten wollte und er nur Barbara und Peter als Eltern kennen sollte.

Zu Hause zurückgekehrt, nahmen ihn seine beiden Schwestern Lena und Maren in ihre Arme und hatten große Freude, dass sie nun auch ein Brüderchen hatten.

Ihre Eltern hatten die Vaterschaft von Peter geheim gehalten und erklärt, dass es sich um ein Kind handle, das seine Eltern bei einem Unfall verloren hatte. Die Beziehungen in der Familie sollten so ohne jegliche Belastungen bleiben.

Der kleine Stephan wuchs in seiner Familie auf und alle hatten viel Freude mit ihm.

Mit den beiden Schwestern war er eng verbunden und alle hatten eine große Freude mit ihm, dem Jüngsten, der sich so prächtig entwickelte.

Dabei wurde er vom Aussehen immer mehr seinem leiblichen Vater ähnlich und das auch in seinem Wesen.

- Peter, wenn das so weiter geht, können wir deine Vaterschaft nicht mehr verheimlichen, meinte Barbara und war sehr stolz auf Stephan, auch wenn sie nicht seine leibliche Mutter war.

Als er in Schule kam, machte seine große Schwester Lena ihr Abitur und begann ein Studium an der TH in Darmstadt und wollte damit die Voraussetzungen schaffen ihrem Vater beruflich nachzufolgen.

Lena war sehr ehrgeizig und hatte ein Abitur mit der Note 2 abgeschlossen.

Ihr Vorbild war ihr Vater, der beruflich viel erreicht hatte und der Familie finanziell sehr viel bieten konnte.

Ihre nächtlichen Diskobesuche hielten sich, im Gegensatz zu ihren Freundinnen sehr in Grenzen. Ihr Kommentar lautete stets: - Leute ich muss nach Hause, morgen schreiben wir eine Arbeit.

Ihre Freundinnen nannten sie deshalb in Abwesenheit - Miss Arbeit -.

Das störte sie nicht im Geringsten und auch das Studium nahm sie sehr ernst. In den Semesterferien arbeitete sie in dem Unternehmen ihres Vaters und hatte schon einen gewissen Bekanntheitsgrad bei den Kunden.

Bei einigen großen Auftragsverhandlungen war sie die Assistentin ihres Vaters und kümmerte sich später um die Vertragsabwicklung.

Obwohl sie ein attraktives Äußeres hatte, waren männliche Bekanntschaften Mangelware bei ihr. Ihre Eltern machten sich deshalb schon Gedanken um sie.

Mit ihrer Schwester Maren verband sie eine tiefe innere Verbundenheit. Sie unterstützte sie bei schulischen Aufgaben und gab ihr gute Ratschläge wenn sie einmal nicht weiter wusste.

Maren war eigentlich das Gegenteil von Lena. Sie war sehr lebenslustig und immer auf neue Abenteuer aus. Ihre Lehrer konnten sie oft nicht bremsen und mussten deshalb öfter die Eltern einschalten, die erzieherisch tätig werden mussten. Vor allem ihre Mutter Barbara kümmerte sich sehr um sie und hielt die schlimmsten Dinge von ihr ab.

Mit ihren zahlreichen Freundinnen und Freunden brachte sie immer Leben ins Haus der Eltern.

Ihre Freunde wechselte sie monatlich, sodass ihre Mutter immer wieder überrascht war von ihrer jeweiligen Begleitung.

Schon sehr früh verkündete sie, dass sie nach dem Abitur erst einmal Afrika kennenlernen wollte, was ihre Mutter sehr bedrückte.

Mit Hilfe ihrer Schwester Lena und ihrer Mutter, die von Beruf einmal Lehrerin war, konnte sie sich trotz allen Zerstreuungen und Abenteuern einigermaßen gute Noten sichern.

Trotz diesen Unterschieden war die Familie immer eng miteinander verbunden und jeder kümmerte sich auch um den anderen.

Eine Familie also wie sie es jeder sich wünscht.

Im Mittelpunkt der Familie stand Barbara, die für alle stets da war und die sehr geliebt wurde. Sie bewahrte auch bei

Auseinandersetzungen auch den Frieden in der Familie und obwohl sie von einigen Männern umschwärmt wurde, blieb sie ihrem Peter, den sie über allem liebte, stets treu und hielt die Familie stets zusammen.

Ihre freundliche und liebenswerte Art fand auch im Bekanntenkreis große Anerkennung.

Peter hatte nach der Affäre mit Helena wieder zu ihr gefunden und liebte sie innig.

Sie war aber auch seine Vertraute und Ratgeberin in schwierigen geschäftlichen Problemen, ja sie war unersetzbar für Peter.

Als Stephan das Abitur abgelegt hatte und sich immer mehr verselbstständigte, war es Barbara die Peter daran erinnerte, dass ihm seine wirkliche Herkunft mitgeteilt werden müsste.

Vor der Abiturfeier, als die gesamte Familie versammelt war, schaute sich Barbara in der

Runde um und begann zu sprechen: - Liebe Kinder, lieber Stephan heute gehst du deinen ersten wichtigen Schritt in deine eigene Zukunft. Es ist deshalb an der Zeit dir etwas sehr Persönliches mitzuteilen.

Barbara und Peter erklärten nun abwechselnd Ihren Kindern die Herkunft von Stephan und warum sie dieses Geheimnis bisher nicht preisgegeben haben.

- Wir wollten dir, lieber Stephan, eine unbeschwerte Kindheit ermöglichen, ohne das Fragen deiner Herkunft in den Mittelpunkt standen. -

Die Kinder und vor allem Stephan blickten sprachlos ihre Eltern mit großem Erstaunen an.

Stephan der sich zuerst wieder gefangen hatte, begann sichtlich bewegt: - Egal welche Gründe für meine Adoption vorlagen, ihr beide seid und bleibt auch in Zukunft meine Eltern, die ich liebe und denen ich sehr viel zu verdanken habe.

Nach diesen bewegten Worten fielen sich alle in die Arme und verbrachten den Abend mit Erzählungen aus der Kindheit und Jugend von Stephan.

Später als Barbara und Peter im Bett lagen und sich küssten, hatten beide das Gefühl nun für die Ewigkeit miteinander verbunden zu sein.

- Liebste, ohne dich ist mein Leben nur halb so viel wert und ich kann ohne dich nicht leben, sagte Peter und umarmte sie leidenschaftlich.

Aber oft macht das Schicksal einen Strich durch die Rechnung und es kommt plötzlich, ohne jede Vorwarnung, ganz anders!

Am nächsten Tag war Peter unterwegs in Richtung Airport und Barbara war auf dem

Weg zu einer Freundin, die im Taunus in einem kleinen Dorf wohnte.

Als Peter einchecken wollte ging sein Handy und Lena meldete sich.: - Papa, Papa schluchzte sie, es ist etwas schlimmes passiert, Mama liegt schwer verletzt im Krankenhaus in Bad Homburg. Bitte komm sofort hier hin.

- Ich bin in zehn Minuten dort.

Peter blieb tief erschüttert in der Flughafenhalle stehen und war völlig aufgelöst. Erst langsam kam die Wirklichkeit zurück und er eilte zu seinem Auto.

Nach einer halben Stunde Fahrt, kam er im Krankenhaus an und wurde dort bereits von seinen beiden Mädchen empfangen, die völlig aufgelöst im Wartebereich der Unfallstation saßen.

- Papa, wir dürfen nicht zu Mama, sie wird gerade in einer Notoperation operiert. Sie ist

in absoluter Lebensgefahr, erklärte Lena
völlig aufgelöst.

Alle drei saßen nun unter Tränen beieinander und warteten auf die Nachricht der
Ärzte.

- Wisst ihr was passiert ist. fragte Peter.

- Die Polizisten haben uns berichtet wie
sich der Unfall ereignet hat. Ein überholendes Fahrzeug ist ins Schleudern geraten und
mit voller Geschwindigkeit mit dem Auto
von Mama kollidiert. Mama hatte keine
Chance um auszuweichen, erklärten sie mit
tränenerstickter Stimme.

Nach über zwei Stunden kamen dann zwei
Ärzte mit steinerner Miene aus dem OP und
baten sie in den dortigen Vorraum.

- Ihre Mutter bzw. Frau hatte sehr schwere
Kopfverletzung und eine gebrochene Wirbelsäule. Wir haben versucht sie wieder ins
Leben zurück zu holen. Leider war das

vergeblich, sie ist vor wenigen Minuten verstorben. Herzliches Beileid, berichteten die beiden Operateure.

Peter und die beiden Mädchen fielen sich schreiend um den Hals.

- Nein, nein das darf nicht sein, bitte nicht, wir brauchen unsere Mutter, schluchzten die beiden Schwestern und Peter, der im Gesicht völlig ergraut war und heftig zitterte, sank zu Boden, sodass die beiden Ärzte sich um ihn kümmern mussten.

Als Stephan ebenfalls nach zwei Stunden im Krankenhaus eintraf, gingen alle gemeinsam in die Leichenhalle in der Barbara aufgebahrt war.

Der Anblick der Toten mit ihren schweren Verletzungen, war für alle nur sehr schwer zu ertragen und löste großes Leid bei allen Familienmitgliedern aus.

Als sie später das Krankenhaus verließen, da wussten alle das nun eine neue Zeitrechnung in Familie beginnen würde. Eine Zeit in der der wichtigste Mensch der Familie Steiner fehlen würde.

Die nächsten Tage waren angefüllt von einer großen Trauer im Hause Steiner. Mit versteinerten Mienen saß die Familie am Tisch und keiner konnte etwas essen.

Das Leben schien still zu stehen und täglich kamen Menschen ins Haus um zu kondolieren. Die allgemeine Beliebtheit der Verstorbenen hatte viele Menschen mit Trauer erfüllt.

Peter war in diesen schlimmen Tagen völlig unfähig sich um sein Unternehmen zu kümmern.

Er saß wie ein Häuflein Elend in seinem Sessel im Wohnzimmer und nahm am Leben nicht mehr teil. Stephan versuchte vergeblich ihn ins tägliche Leben zurück zu holen und mit ihm über erforderlichen Entscheidungen für die Beerdigung zu sprechen. Alle machten sich große Sorgen um ihn.

Als dann der Tag der Beerdigung herannahte, bemühten sie ihren Hausarzt der ihn mit einer einem Beruhigungsmittel behandelte.

Während der Beerdigung wurde er von Lena und Maren gestützt. Stephan war ebenfalls in seiner Trauer gefangen und ging tief gebeugt hinter den Dreien her.

Die Beerdigung war einer der größten der letzten Jahre und der Geistliche beschrieb Barbara als gütige und liebenswerte Person, die in leider zu kurzem Leben sehr viel Gutes getan habe.

Freundinnen und Bekannte nahmen tränenreich Abschied von ihr und werden sie niemals vergessen.

Für die Familie begann nun eine traurige und sehr schwierige Zeit, die völlig neue Herausforderungen bringen würde.

Noch Tage nach der Beerdigung verließ Peter nicht das Wohnhaus und saß schweigend mit Trauer erfülltem Gesicht in seinem Sessel.

Lena, die Semesterferien hatte, ging täglich in die Firma ihres Vaters und versuchte dort die Dinge zu regeln. Als sich dann die ersten großen Kunden ankündigten, war sie mit ihren Möglichkeiten am Ende.

Jetzt musste dringend etwas geschehen, sonst war das Unternehmen gefährdet.

Als sie am Abend bei ihrem Vater im Wohnzimmer saß, eröffnete sie das Gespräch: - Papa, deine Firma brauch dich und ich bin sicher, dass Mama es nicht gewollt hätte, dass du das Unternehmen jetzt untergehen lässt. Sie hat dir immer mit Rat und Tat zur Seite gestanden. Bitte gehe wieder in die

Firma. Ich stehe dabei an deiner Seite und unterstütze dich. Ich würde nach meinem Studium gerne in die Firma einsteigen. Es geht also auch um uns, deine Kinder!

Peter sah seine Tochter mit einem versteinerten Blick an und nickte ihr zustimmend zu.

Am nächsten Tag fuhren Vater und Tochter gemeinsam in das Unternehmen und begannen dort die anliegenden geschäftlichen Dinge zu ordnen.

Peter war nach einigen Stunden wieder tief in seine Arbeit eingetaucht und auch in der nächsten Zeit fand er wieder zu seiner Schaffenskraft zurück.

Dabei dachte er an Barbara und er sagte sich immer wieder:   - Ich mache all dieses für meine Töchter und später auch vielleicht für meine Enkel.

So verstrichen die Monate und seine Firma entwickelte sich stets weiter. Er konnte einige Großkunden, auch mit Hilfe von Lena, zusätzlich gewinnen.

Seine Geschäftsreisen führten ihn in verschiedene Teile der Welt.

Bei diesen langen Flügen saß er oft gedankenverloren im Flugzeug und seine Gedanken kreisten um seine verstorbene Barbara, die er nicht vergessen konnte. Oft fühlte er sich einsam und vermisste ihre Liebe und Zärtlichkeit.

Auch an Helena musste er des Öfteren denken. Leider hatte er von ihr all die Jahre nichts mehr gehört. Doch auch in diesem Fall hatte das Schicksal neue Wege in Zukunft vorgesehen.

Es waren nach dem Tod von Barbara fast drei Jahre vergangen und Peter befand sich auf einer Geschäftsreise in Dubai.

Dort konnte er einen größeren Auftrag gewinnen und er saß abends mit seinen Geschäftsfreunden in der Hotelbar und diskutierte noch die Details der Vereinbarung.

Als plötzlich sein Handy klingelte, sah er eine unbekannte Telefonnummer mit griechischer Vorwahl.

- Hallo, spreche ich mit Peter Steiner, sagte ein Stimme in gebrochenem Deutsch.

- Ja, hier spricht Peter Steiner und wer ist dort?

- Ich bin Elli, die Tante von Helena, die sehr erkrankt ist und nur bei schneller Hilfe überleben wird. Sie hat Leukämie und benötigt dringend eine Knochenmarkspende. Wir haben dabei an ihren Sohn Stephan gedacht.

- Ich bin zurzeit in Dubai und werde sie in zwei Tagen zurückrufen, antwortete er und zitterte am ganzen Körper.

Auf dem Rückflug nach Frankfurt konnte er an nichts anderes denken als an diese neue Situation, die auf seine Familie erneut zukam.

Lange überlegte er wie er das seinen Töchtern und vor allem Stephan beibringen sollte.

Bei dem gemeinsamen Abendessen am nächsten Tag begann er zögernd. - Kinder ich muss euch etwas mittteilen was mir nicht leicht fällt.

Dann berichtete er von dem Anruf aus Griechenland und der schweren Krankheit von Helena, der Mutter von Stephan.

Alle am Tisch waren sehr erschüttert von der Nachricht und Stephan begann ohne Zögern: - Wenn ich ihr durch eine Knochenmarkspende helfen kann, werde ich das gerne tun.

- Dazu zwingt dich niemand, aber zunächst müssen wir über eine Blutuntersuchung prüfen ob du als Spender in Frage kommst, antwortete Peter.

Am nächsten Tag telefonierte er mit Elli und danach mit Helena in Griechenland, die beide von der Nachricht hoch erfreut waren.

Die Überprüfung der Blutproben in den nächsten Tagen ergab eine Übereinstimmung, sodass Stephan als Spender in Frage kam.

Eine Woche später flogen Peter und sein Sohn Stephan nach Athen um den medizinischen Eingriff zu ermöglichen.

Stephan war sehr betroffen von dem Gedanken seine leibliche Mutter unter diesen schwierigen Umständen, nun persönlich kennen zu lernen.

Wie soll er sich ihr gegenüber verhalten? Letztlich war sie für ihn eine völlig fremde

Frau. Würden sie sich mögen und näher-
kommen? All diese Gedanken gingen in seinem Kopf umher.

- Du wirst sehen, Helena ist eine wunderbare Frau und du wirst sie mögen, es ist
deine Mutter! tröstete ihn Peter.

- Aber Papa, bisher war Barbara meine ein-
zige Mutter, die ich sehr geliebt habe, antwortete Stephan unsicher.

Vom Airport fuhren sie direkt in die Klinik
in Athen.

Als sie das Zimmer von Helena betraten, saß
diese auf dem Bett und wandte sich beiden
mit einem Lächeln zu und streckte Peter
ihre Arme entgegen.

- Ach Peter ich freue mich so, euch Wiederzusehen. Ich habe euch all die Jahre nicht
vergessen. Ihr beide seid meine Familie,
sagte sie mit Tränen in den Augen.

Trotz ihrer Krankheit war sie immer noch eine attraktive Frau mit einer besonderen Ausstrahlung.

Sie nahm auch Stephan in ihre Arme, küsste ihn innig und hielt ihn lange fest.

- Stephan ich habe dich zum letzten Mal als Baby in den Armen gehalten, jetzt bist du ein junger Mann. Wir haben viel miteinander zu reden und sollten versuchen einen neuen Anfang zu finden, sagte Helena.

Stephan war so verwirrt, sodass er keine Worte fand und von seiner Mutter sehr beeindruckt war.

- Wir drei haben die nächsten Tage genügend Zeit um zu einander zu finden und die Vergangenheit aufzuarbeiten, aber zunächst musst du deine Knochenmarkspende von deinem Sohn empfangen, sagte Peter und setzte sich zu ihr auf das Krankenbett und konnte keinen Blick von ihr lassen.

So saßen sie vertraut nebeneinander als ob sie nie getrennt gewesen wären.

Am nächsten Tag wurde Stephan von dem Chefarzt noch gründlich untersucht und dann am Nachmittag die Knochenmarkspende entnommen um sie unmittelbar danach seiner Mutter Helena intravenös zu übertragen.

Der Chefarzt erklärte ihnen, dass es zwei bis drei Wochen dauere, bevor die Spende vom Blut angenommen würde und danach langsam eine Besserung eintreten könnte. Eine hundertprozentige Sicherheit dafür gäbe es allerdings nicht.

Als sie bei Helena im Zimmer saßen, sah sie Stephan an und flüsterte: - Liebster Sohn, ich bin dir unendlich dankbar, dass du ohne großes Wenn und Aber nach Athen gekommen bist um mir dein Blut zu spenden.

Stephan war sichtlich berührt und sagte spontan, dass er die nächsten drei Wochen an der Seite von Helena bleiben würde und sie bei ihrer Heilung unterstützen wolle. Sein Vater war sehr erfreut darüber und bei seinem Abschied küsste er Helena innig und flüsterte ihr ins Ohr: - Ich liebe dich immer noch. Sprich mit deinem Sohn und erkläre ihm wie es damals zu unserer Entscheidung bezüglich Adoption kam.

Nach seiner Heimkehr berichtete er seinen beiden Töchtern von dem Besuch bei Helena.

Beide deuteten an, dass sie auch Helena einmal kennenlernen wollten.

- Wir müssen doch die leibliche Mutter von unserem Bruder kennenlernen. Schließlich war es die Frau, die du neben unserer Mutter geliebt hast!

Peter war sehr überrascht von dieser verständnisvollen Haltung seiner Töchter, die auch ablehnend hätte sein können.

Einige Tage später meldete sich Stephan, der positive Nachrichten bezüglich der Genesung von Helena hatte.

In Athen ging Stephan täglich in die Klinik um Helena zu besuchen und ihr behilflich zu sein.

Nachdem sich ihr Gesundheitszustand täglich ein wenig besserte  war klar, dass ihr Körper die Blutspende ihres Sohnes positiv angenommen hatte.

In der zweiten Woche konnten sie schon kleine Spaziergänge im Park des Krankenhauses absolvieren.

Dabei kamen sie immer mehr ins Gespräch und Stephan fragte seine Mutter warum sie ihn damals nach seiner Geburt zur Adoption freigegeben hat.

- Lieber Stephan, dazu musst du meine damalige Situation kennen. Ich war Offizierin und zeitweise auf gefährlichen

Auslandseinsätzen eingesetzt. Da war kein Platz für ein Kind, auch wenn ich es gewollt hätte. Dazu kam die Erkenntnis, dass dein Vater seine Frau Barbara immer noch liebte und sich auch wegen der zwei Töchter nicht scheiden lassen würde. Er stand also zwischen zwei Frauen und eine Entscheidung konnte er nicht fällen.

Stephan kannte diese Hintergründe bisher nicht und war sehr überrascht von diesen neuen Tatsachen.

- Ich muss dir noch gestehen, dass ich aus diesen Gründen heraus, an eine Abtreibung meines ungeborenen Kindes, also dich, gedacht habe und ich nur auf Bitten deines Vaters davon Abstand nahm. Entscheidend war allerdings die positive Haltung von Barbara, die von Anfang an für eine Geburt des Kindes geworben hatte und deine Aufnahme in eure Familie als Lösung angeboten hat, letztlich kannst du ihr dein Leben verdanken!

Stephan war von dieser Erklärung völlig überrascht und innerlich stark berührt. - Mein Gott, diese liebe Mutter Barbara, welch eine großartige Frau, dachte er und Tränen liefen ihm über seine Wangen.

Er schloss Helena fest in seine Arme und sagte: - Mutter ich kann dich nun verstehen, aber jetzt sind wir zusammen und können zueinander finden. Ich möchte dich näher kennenlernen. -

Nach zwei Wochen wurde Helena aus der Klinik entlassen und musste sich dort nur noch wöchentlich melden.

Stephan ging mit ihr in das kleine Haus am Hafen von Piräus, dass sie vorher mit ihrem verstorbenen Vater zusammen bewohnt hatte. Es hatte kleine Zimmer und war sehr gemütlich eingerichtet.

Von der Terrasse hatte man einen wunderschönen Blick auf den Hafen und konnte beobachten wie die Schiffe in den Hafen einlaufen.

Stephan fühlte sich hier sofort wie zu Hause und verlängerte seinen Aufenthalt um eine weitere Woche.

Helena zeigte ihm ihre Heimatstadt und brachte ihrem Sohn auch die Lebensweise der Griechen näher, die äußerst familienorientiert ist.

So lernte er die gesamte Verwandtschaft kennen und wurde auf einige Feiern eingeladen. Die griechische Musik, der Sirtaki und die ausgeprägte Freundlichkeit der Menschen fanden sein Gefallen.

Aber auch schwimmen und tauchen wie bei vielen Griechen, standen auf der Tagesordnung und füllten seine Tage aus.

Helena zeigte ihm alle Sehenswürdigkeiten in Athen, von der Akropolis bis zur Plaka, der Altstadt, wo sie abends bei griechischer

Musik und speziellen Köstlichkeiten der griechischen Küche verweilten.

Doch nun nahte für beide der Abschied und Stephan musste zurück nach Deutschland um sein Studium zu beginnen.

Am Morgen des Abschiedes saßen beide in der Küche und mussten sich zwingen um ein paar Bissen zu sich zu nehmen.

 - Mutter wir werden uns wiedersehen , ich möchte mit dir Kontakt halten. Wenn du wieder völlig genesen bist, besuche uns mal in unserem Haus in Deutschland. Ich glaube auch Papa wird sich sehr darüber freuen. Ich bin so dankbar, dass ich kennenlernen durfte. Ich liebe dich sehr!

Helena war von dieser Liebeserklärung ihres Sohnes sehr berührt und konnte nur unter Tränen antworten: - Stephan du bist mein wichtigster Mensch geworden und auch ich möchte dich bald wieder in meine Arme schließen können. Ich werde mich bald bei dir melden und werde euch besuchen in Deutschland.

Als Stephan ins Taxi stieg, das ihn zum Airport brachte, blickte er in das von Abschiedstrauer gezeichnete Gesicht seiner Mutter und auch er empfand einen großen Abschiedsschmerz.

Am Airport in Frankfurt holte ihn sein Vater Peter ab und beide unterhielten sich schon im Auto über seine Zeit in Athen.

- Papa es waren einer der schönsten Wochen in meinem bisherigen Leben. Ich habe Barbara schon sehr geliebt, aber Helena liebe ich nun als meine leibliche Mutter, sie ist eine wunderbare und empfindsame Frau. Ich habe sie zu uns nach Hause eingeladen. Ich hoffe das ist auch in deinem Sinne.

- Lieber Stephan, ich bin sehr froh und dankbar, dass du Helena als Mutter angenommen und sie lieben gelernt hast. Du musst wissen, dass auch ich noch starke Gefühle zu ihr habe und die Trennung mir damals sehr schwergefallen ist. Ich konnte sie nie wirklich vergessen. Deshalb freue ich mich jetzt schon auf ihren Besuch bei uns.

Die Wochen vergingen, Stephan war inzwischen in die Hochschule immatrikuliert und seine Schwester Lena hatte nach Abschluss ihres Studiums den Master abgelegt und in die väterliche Firma eingetreten.

Peter war für diese Entwicklung sehr dankbar und wurde dadurch schon entlastet, sodass ihm mehr freie Zeit für sein Privatleben blieb.

In dieser Zeit kam der Anruf von Helena, die ihren Besuch ankündigte.

Am Ankunftstag fuhren Peter und Stephan zusammen zum Airport um sie abzuholen.

Es war eine Begrüßung die Aufsehen im Bereich des Airports erregte. Alle drei lagen sich minutenlang in den Armen und küssten sich.

Helena, die braungebrannt war, war eine sehr hübsche Frau, die als solche schon Beachtung fand und bewundert wurde.

Peter nahm sie, auch mit ein wenig Stolz in seine Arme.

Es war ein Wiedersehen als ob sie sich Jahre nicht gesehen hätten.

Helena folgte ihren beiden Liebsten in ihr Auto und als sie vor der imposanten Villa der Familie Steiner standen, da war sie sehr positiv überrascht.

- Gegen mein Häuschen in Athen ist das hier eine völlig andere Welt, dachte sie und freute sich auf die nächste Zeit die sie hier verbringen würde.

Sie wurde von der gesamten Familie herzlich begrüßt und auch Lena und Maren umarmten sie mit großer Freude.

Helena fühlte sich hier wunderbar in einer neuen Familie angenommen und überhaupt nicht fremd.

- Helena, wir haben dir unser Gästezimmer vorbereitet indem du dich sehr wohl fühlen wirst. Es hat einen Blick auf unseren schönen Garten mit dem Teich in der Mitte. Morgens werden dich die Vögel des Gartens mit ihrem Gesang begrüßen. Stephan wird dich hinaufführen, sagte Peter mit strahlender Miene. Man konnte ihm ansehen wie glücklich ihn die Ankunft von Helen machte.

Am Abend saß die ganze Familie vereint am Tisch um die von Peter zubereitete Ente zu verspeisen.

Der festlich gedeckte Tisch und die beschwingte Stimmung, die in der Familie herrschte, machten auf Helena einen großen Eindruck und integrierten sie sofort in die Familie von Peter.

Mit gutem Wein und Musik saßen sie alle zusammen und Helena wurde in den Mittelpunkt der Gespräche gestellt. Alle waren sehr froh, dass sie ihre Krankheit erfolgreich überstanden habe.

- Ich muss mich auch jetzt noch einmal ganz besonders bei Stephan bedanken, der mir mit seiner Blutspende das Leben gerettet hat. Ich bin sehr froh, dass ich nun eine eigene Familie gefunden habe.

Alle rückten danach noch enger zusammen und feierten bis nach Mitternacht.

Als erste verließ Helena die fröhliche Runde und wurde von Peter zu ihrem Zimmer begleitet. Er nahm sie in seine Arme, küsste sie innig und leidenschaftlich: - Helena, du bist sicher sehr müde von der Reise, lass uns bitte morgen näher unter vier Augen unterhalten, erklärte Peter und verabschiedete sich von ihr.

Helena fühlte sich wie in einem Traum und schlief völlig entspannt bis in Morgenstunden.

Peter hatte das Frühstück schon für beide vorbereitet. Die Kinder waren außer Haus und gingen ihren Beschäftigungen nach.

Nach dem Frühstück fuhren beide zu einem nahen gelegenen Waldstück und machten dort einen Morgenspaziergang.

An einem Waldsee setzten sie sich auf eine Bank und küssten sich voller Leidenschaft.

- Helena, nach dem Tod von Barbara bin ich in ein tiefes Loch gefallen und war völlig verzweifelt. Alles kam so plötzlich und es war grausam wie das Schicksal alles auf den Kopf stellte. In den ersten Monaten herrschte in der Familie eine unsagbare Traurigkeit. Nur sehr langsam stellten wir uns der Wirklichkeit und fanden zurück in ein einigermaßen normales Leben. In dieser Zeit musste ich sehr oft auch an dich denken und ich sehnte mich nach deiner Nähe. Aber meine Trauer hinderte mich das in die Tat umzusetzen. Heute weiß ich , dass Barbara nichts dagegen gehabt hätte und ich damit mein Gewissen nicht belastet hätte. Helena, in den letzten Tagen ist mir wieder deutlich geworden wie sehr ich dich noch liebe. Könntest du dir vorstellen mit mir zusammen zu leben?

Helena ergriff die Hände von Peter und sah ihm in die Augen: - Peter, als du damals mit dem kleinen Stephan mich verlassen hast und zurück in dein Leben gegangen bist, da habe ich einen Moment geglaubt das ich nicht weiterleben könnte, es war schrecklich und ich bin daran fast verzweifelt. Mein Vater und die Familie in Athen haben mich gestützt und neuen Lebensmut gegeben. Ohne sie wäre ich gescheitert. Ja, Peter, mein größter Wunsch ist mit euch zu leben und mein Leben mit dir zu teilen. Ich habe gespürt, dass deine Kinder mich angenommen haben in eurer Familie. Deshalb sollten wir möglichst bald diesen gemeinsamen Weg gehen und unserer Liebe eine Chance geben.

Peter nahm sie in seine Arme und küsste sie leidenschaftlich. – Helena, wir reden am Wochenende, wenn die Familie komplett ist mit meinen Kindern und teilen ihnen diese unsere Entscheidung mit. Ich bin sehr sicher, dass sie darüber erfreut sind und dich mit Liebe aufnehmen werden.

Am Wochenende wurde dieses Gespräch mit den Kindern zu einem Familienfest und alle waren ausgelassen vor Freude.

Vor allem Stephan sah man an, wie groß seine Freude war, weil er nun in Zukunft seine Mutter bei sich in der Nähe haben würde.

Peter und Helena vereinbarten, dass sie in den nächsten Wochen alles in Athen ordnen wolle. Das kleine Haus am Hafen wollten sie nicht veräußern, sondern als Ferienhaus für sich und die Kinder nutzen.

Damit fiel Helena der Abschied von ihrer geliebten Stadt etwas leichter.

Einige Andenken, die an ihre Eltern erinnerten, nahm sie mit in ihre neue Heimat in Deutschland.

Es dauerte nur wenige Wochen bis sich in der Villa Berger eingewöhnt hatte und sie genoss die leidenschaftliche Liebe, die Peter ihr schenkte.

Bedingt durch die großartige Unterstützung von Lena in der Firma, ging Peter nicht jeden Tag ins Büro und überließ die langen Geschäftsreisen ebenfalls immer öfter seiner Tochter.

So blieb ihm deutlich mehr Zeit für Helena, als dies früher der Fall bei Barbara gewesen war.

Aber auch hier stellte sich das Schicksal in den Weg und eine große Herausforderung kam auf die Familie Steiner zu.

An einem Sonntagmorgen klagte Peter über starke Kopfschmerzen und er sagte zu Helena: - Ich fühle mich nicht gut, ich glaube, dass ich eine Grippe bekomme. Lass mich noch ein paar Stunden im Bett bleiben.

- Bleibe nur liegen ich bringe dir einen Tee und Haferflockenbrei ans Bett, entgegnete Helena und küsste in sanft auf seine Stirn.

Während der nächsten Stunden bekam Peter Fieber, das am Abend stark angestiegen war. Dazu kamen Atembeschwerden wie bei einer starken Bronchitis.

In der Nacht stieg das Fieber so stark, sodass Tochter Maren, die Medizinerin in der Familie, entschied den Notarzt zu verständigen.

Nach einem Corona- Test wurde Covid 19 festgestellt und aufgrund des sehr hohen Fiebers, Peter in das nächste Krankenhaus eingeliefert.

Maren, die den Krankentransport begleitete und ihren Vater mit in den Überwachungsraum begleitete, berichtete der versammelten Familie von der Situation in der sich ihr Vater befand.

- Es war richtig, dass wir ihn direkt ins Krankenhaus überstellt haben. Da wird er rund um die Uhr medizinisch betreut und das Risiko so minimiert. In den nächsten Tagen werde ich ihn jeden Tag besuchen und ihm zur Seite stehen. Leider besteht die Vorschrift, dass aufgrund der hohen Ansteckungsgefahr nur eine Person ihn besuchen darf. Ich hoffe als Medizinerin kann ich ihn dort am besten unterstützen.

Alle in der Familie waren über diesen Vorschlag sehr erfreut waren sehr bedrückt als

sie ins Bett gingen und waren mit ihren Gedanken bei ihrem Vater.

In den nächsten Tagen verschlimmerte sich
der Zustand von Peter immer mehr und er
kämpfte mit einer starken Lungenentzündung und andauerndem hohen Fieber. Erst
nach einer Beatmung mit Sauerstoff verbes-
serte sich der Zustand etwas.

Maren, die sich auch medizinisch dort enga-
gierte, blieb nun Tag und Nacht bei ihrem
Vater und überwachte seinen Gesundheitszustand.

Die Familie war am Boden zerstört und
fürchtete um das Leben ihres Vaters, der in
kurzer Zeit bereits viel Kilo abgenommen
hatte.

Helena war völlig verzweifelt und konnte
die Welt nicht mehr verstehen. Erst vor wenigen Wochen hatte sie Peter zurückgewon-
nen und nun diese schreckliche Krankheit,

die schon so viel Menschen dahingerafft hatte.

Sie vertraute bei all den düsteren Gedanken Maren, die sich mit Sachverstand und großem persönlichen Einsatz um Peter kümmerte.

So kam nach vier Wochen dann der Tag an dem das Fieber zurückging und danach die Lungenentzündung schwächer wurde.

Von diesem Zeitpunkt an ging es dem Patienten jeden Tag ein wenig besser. Nach einer weiteren Woche konnte er schon auf der Bettkante sitzen und erste Schritte im Zimmer machen.

Nun konnte die Familie aufatmen und es kehrte in der Villa Steiner wieder das normale Leben ein, ohne dass man mit Angst zu Bett gehen musste.

Nach einer weiteren Woche in der Peter frei von dem Corona-Virus war, durfte Helena ihn im Krankenhaus besuchen und mit ihm bereits einige Runden im Park gehen. Die beiden hatten eine Wiedersehensfreude als ob sie Jahre getrennt gewesen wären.

Sie lagen sich in den Armen und küssten sich wie ein junges Paar.

- Ach Peter, ich hatte so große Angst um dich und bin so dankbar dich wieder in meinen Armen zu halten, ohne dich möchte ich nicht leben, sagte Helena und streichelte sein Gesicht.

Peter, der noch sehr schwach war flüsterte ihr ins Ohr: - Meine Gedanken kreisten auch in den schwärzesten Stunden nur um dich. Du hast mir die Kraft gegeben an mein Leben zu glauben und ich habe die Hoffnung nicht aufgegeben. Bei alledem war mir Maren eine sehr große Hilfe und habe ihr sehr viel zu verdanken. Es geht nichts über eine intakte Familie, die einem zur Seite steht.

Nach wenigen Tagen wurde Peter aus dem Krankenhaus entlassen.

- Sie müssen alles nun sehr langsam angehen. Ihre Tochter Maren wird sie bei Ihrer Genesung unterstützen. Es wird noch einige Wochen dauern, sagte der behandelnde Arzt zum Abschied.

Die Familie bereitete ihm einen wunderschönen Empfang und hatten auch seine engsten Freunde zu diesem Ereignis eingeladen. Es herrschte große Freude und Dankbarkeit.

Helena machte nach einigen Tagen den Vorschlag nach Piräus in ihr Haus zu gehen.

- Die gute Meeresluft und das milde Klima an der Ägäis werden deiner Gesundheit sicherlich guttun. Die Fröhlichkeit der Menschen dort ist ansteckend und hilft dir die schlimme Zeit zu vergessen, sagte Helena.

Die nächsten Wochen verbrachten sie in Griechenland und jeden Tag bewunderten sie die herrlichen Sonnenuntergänge an dem Pier von Piräus und ihre Liebe blühte neu auf und schien nie vergehen zu wollen.

In den Mittelpunkt der Familie Steiner war in den letzten Wochen Maren gerückt. Sie hatte als junge Ärztin entscheidend zur Genesung ihres Vaters beigetragen. Alle brachten ihr eine große Dankbarkeit entgegen.

Doch nun da ihr Vater genesen war, wollte sie ihre Pläne, die sie aufgeschoben hatte, verwirklichen und für ein Jahr nach Afrika gehen.

Dort in Namibia, am Stadtrand von der Hauptstadt Windhuk, befindet sich ein Heim für elternlose und ausgesetzte Kinder, die sie medizinisch betreuen wollte und die dringende Hilfe benötigten.

Nachdem sie sich von der gesamten Familie verabschiedet hatte, startete sie am Airport

Frankfurt mit Abschiedstrauer zu dem vierzehnstündigen Flug.

In Windhuk wurde sie von dem Fahrer der Einrichtung abgeholt und sehr freundlich begrüßt. Während der halbstündigen Fahrt fiel ihr auf das in dem Kleinbus alle Türen verriegelt waren. Der Fahrer erklärte hierzu, dass die Überfälle in der letzten Zeit deutlich zugenommen haben und auch Autos bzw. die Insassen während der Fahrt an Ampeln und Kreuzungen angegriffen werden.

- Keine guten Aussichten-, dachte Maren und ihre Freude nun in Namibia zu sein, erhielt einen ersten Dämpfer.

Im Jugendheim wurde sie von allen Bediensteten und von einem Kinderchor sehr herzlich begrüßt und so verschwanden ihre Bedenken wieder.

Das Heim lag inmitten eines Grüngürtels und mit sauberer Luft, alles sah sehr positiv

104

aus. Auch die Gebäude waren, dank deutscher Spenden, in einem gepflegten Zustand.

Der Behandlungsraum für ihre ärztliche Tätigkeit war mit den wichtigsten Instrumenten und medizinischen Geräten ausgestattet.

An ihrem ersten Arbeitstag wurde sie von der Leiterin zu einem Gespräch eingeladen und erhielt von ihr weitere Informationen über das Leben in Namibia und über die Risiken vor denen sie sich schützen müsste.

- Bitte nie in der Dunkelheit als Frau sich allein bewegen. Wertsachen und Pass etc. nicht mittragen, sondern hier im Safe lassen. Auch beim Einkaufen oder im Restaurant immer aufmerksam die Umgebung beobachten. Die Anzahl der Diebe hat stark zugenommen. Aber auch Überfälle und Vergewaltigungen sind sehr stark angewachsen. Maren sie als Europäerin, groß und blond fallen hier in Afrika ganz besonders auf und sind bei den Männern begehrt. Also bitte vorsichtig außerhalb der Einrichtung sich bewegen, waren ihre Ratschläge.

In den nächsten Tagen lernte sie die Insassen der Einrichtung näher kennen. Kinder und Jugendliche, die trotz ihrem Schicksal ihr sehr offen und mit Freude entgegenkamen.

Bei einigen war eine ärztliche Behandlung und weitere Untersuchungen notwendig. In Namibia gibt es Krankheiten, die in Europa nicht vorkommen wie zum Beispiel die Schlafkrankheit, die Pest und Kongo- Fieber usw.

Das macht die ärztliche Versorgung noch wichtiger. Maren hatte keinen solcher Fälle feststellen können, aber musste die Situation im Auge behalten und regelmäßige Untersuchungen durchführen.

Nach einigen Wochen bekam sie eine Einladung ihrer Arztkollegen aus der Klinik zu einer Safari in den Etosha Nationalpark, einem großen Park in den großen Herden der afrikanischen Wildtiere leben und sehr gut zu beobachten sind. In der Salzpfanne, die sich über mehr als hundert Kilometer erstreckt, erlebt man eine imposante Landschaft.

Zu dritt, ein Mann und eine ärztliche Kollegin, gingen sie mit einem großen Pickup auf die etwas mehr als vierhundert Kilometer lange Reise.

Anfangs waren es noch feste und relativ gut ausgebaute Straßen auf denen sie relativ sicher unterwegs waren, später fuhren auf den sogenannten „Sandpads", bessere Feldwege mit Sandbefestigung.

Hier waren Reifenpannen vorprogrammiert bei denen man sehr vorsichtig sein musste.

Der Kollege berichtete von einem deutschen Ehepaar wo der Mann bei einem Halt erschossen und die Ehefrau entführt wurde.

Als sie auch einen Radwechsel vornehmen mussten, überwachte die Kollegin die Umgebung mit einem Jagdgewehr im Anschlag. Zuvor hatten sie mehrere Gruppen von Männern unweit des Pfades beobachtet, die auch Langwaffen mitführten, wahrscheinlich waren es Wilderer.

Besondere Beachtung fand die Umgebung wegen den zahlreichen Giftschlangen wie z.B. Speikobra, Schwarze Mamba und Puffotter. Letztere verbirgt sich hinter Altholz und flüchtet nicht vor Menschen.

In Namibia sollen jährlich ca. zweihunderttausend Menschen an Schlangengift sterben.

Die Reise durch diese wundervolle Steppenlandschaft mit ihren unzähligen Tierherden lässt die Angst vor Schlangen und

Raubkatzen sehr schnell vergessen und Maren kam aus dem Staunen nicht mehr heraus.

Als sie dann die sogenannte Salzpfanne erreichten, eine Ebene die mehr als hundert Kilometer lang und fünfzig Kilometer breit ist, machten sie Halt in dem Camp Halali und blieben dort zwei Tage. Rund um das Camp konnten sie fast alle afrikanischen Tierarten beobachten.

Kudus mi ihren langen, gewundenen Hörnern, Oryxantilopen, die durch lange spitze Hörner auffallen, Knus und dazwischen Elefantenherden, hinterließen bei Maren einen bleibenden Eindruck. Gruppen von Löwen, die im Schatten der Bäume lagerten, erregten ihre besondere Aufmerksamkeit, besonders dann, wenn sie Angriffe auf die Antilopenherden simulierten. Oft waren das auch Übungsstunden für die jüngeren Löwinnen.

Als sie am nächsten Tag mit ihrem Pickup sich durch die Etosha- Pfanne bewegten, gerieten sie fast zwischen eine Elefantenherde. Der Leitbulle begann sofort einen Drohangriff und es half ihnen nur ein schnelles Wegfahren.

Nach ihrer Rückkehr im Camp konnten sie bei Dunkelheit an dem beleuchteten Wasserloch alle Tiere in Deckung beobachten und hörten das Brüllen der Löwen in unmittelbarer Nähe, ein unvergessliches Erlebnis für Maren und ihre Gruppe.

Von hier war vor zwei Jahren ein junger Elefantenbulle ins Lager eingedrungen und hatte eine Frau, die nicht schnell genug sich in Sicherheit bringen konnte, zu Tode getrampelt.

Nach kompletter Durchquerung der Etosha- Pfanne, traten Maren und ihre Freunde den Rückweg nach Windhuk an.

Diese Safari ließ Maren von Namibia und seiner Tierwelt schwärmen. Aber auch die Landschaft mit Steppen und Sanddünen würden unvergesslich bleiben.

Zurück in Windhuk begann sie wieder ihre ärztliche Tätigkeit im Kinderheim. Hier hatte sich in ihrer Abwesenheit eine kleine Epidemie in Form von Lungenentzündungen breit gemacht. Maren und ihre Helfer hatten deshalb sehr viel zu tun. Manchmal war sie einige Nächte hintereinander im Heim um Kinder vor Schlimmeren zu bewahren.

Als nach sechs Wochen wieder Normalität einkehrte, beschloss sie mit Ihrer ärztlichen Kollegin Rita, die aus Italien kam, einen Wochenendausflug nach Swakopmund, einer Stadt am Atlantik, zu machen. Nach fast vierstündiger Fahrt, die auch durch die hohe Dünenlandschaft führte, kamen sie dort an und checkten in ihr Hotel nahe dem Strand ein.

Am Abend besuchten sie ein Restaurant mit Meeresblick und aßen dort typische afrikanische Speisen wie Fleischspieße und Ochsenfrosch.

Danach kehrten sie noch in eine Bar ein, die in der Nähe lag.

Danach verlor sich ihre Spur.

In ihr Hotel kehrten sie niemals zurück und nach zwei Tagen wurden sie von dort als vermisst gemeldet. Die Polizei ermittelte und benachrichtigte auch die Leitung des Kinderheimes in Windhuk, die ihrerseits die Familie Steiner in Deutschland benachrichtigte.

Als der Anruf gegen Abend Lena erreichte war diese geschockt und trommelte sofort die restliche Familie zu einer Krisensitzung zusammen.

- Maren hat nun seit drei Tagen weder uns noch dem Kinderheim, bei dem sie sich sonst täglich meldet, eine Nachricht gegeben und ist an ihrem Handy nicht zu erreichen.

Alle, die am Tisch saßen waren geschockt. Peter, der mit Helena seit einer Woche wieder aus Griechenland zurückgekehrt war ergriff als erster das Wort: - Wenn es kein Unfall war, dann müssen wir leider von einem Verbrechen ausgehen. Das kommt dort in Namibia immer wieder vor, das Reisende entführt werden und dann Lösegeldforderungen gestellt werden.

Alle waren sehr betroffen und Stephan löste sich als erster von dem Schock: - Ich werde möglichst kurzfristig nach Windhuk fliegen um vor Ort einer Spur von Maren zu folgen um sie zu finden, erklärte er.

- Nicht du allein, das ist viel zu gefährlich, ich werde selbstverständlich mit dir zusammen dorthin fliegen, meinte Peter, der wieder von seiner Krankheit völlig geheilt und wieder fit wie zuvor war.

Als sie alle am nächsten Morgen beim Frühstück saßen, klingelte bei Peter das Handy und er sah die Nummer von dem Handy von Maren.  - Ruhe bitte, Maren ist dran, flüsterte er.

- Hallo Maren, hallo, sprach er ins Telefon. Aber es war nicht Maren, sondern eine männliche Stimme, die in englischer Sprache eine Erklärung abgab.

- Wir haben ihre Tochter Maren in unserer Gewalt und fordern ein Lösegeld in der Höhe von hunderttausend Dollar. Falls sie nicht zahlen sehen sie ihre Tochter nie wieder. Dasselbe gilt, wenn sie die Polizei einschalten. Kommen sie möglichst schnell nach Windhuk und geben sie uns unter dieser Nummer Bescheid in welchem Hotel sie sich befinden.

Peter wollte noch fragen, ob er Maren sprechen könnte, aber der Anrufer hatte schon
aufgelegt.

Alle am Tisch waren gleichermaßen erschüttert, aber dennoch auch froh eine
Nachricht vom Verbleib von Maren erhalten
zu haben.

- Was haben wir Schlimmes getan? Das ist
nach Lena die zweite Entführung die unsere
Familie trifft. Was wird noch alles auf uns
zukommen, sprach Peter mit verzweifelter
Stimme.

Seine Kinder versuchten ihn zu trösten, waren aber selbst auch sehr verunsichert.

Niemand konnte die Situation in der sich
Maren nun Befand wirklich einschätzen.
Alle hofften nur Maren wieder gesund wie-
dersehen zu können.

Am nächsten Tag flogen Peter und sein
Sohn Stephan nach Windhuk. Zuvor hatte

sie hunderttausend Dollar auf eine Bank nach Windhuk überwiesen, die mit ihrer Hausbank zusammenarbeitete.

Beide saßen sehr nachdenklich nebeneinander im Flugzeug der Lufthansa und hofften inständig Maren aus den Händen der Entführer frei zu bekommen.

Nachdem sie in Windhuk im Hotel eingecheckt hatten, meldeten sie sich sofort unter der Nummer von Maren.

- Ja, Hallo Herr Steiner wo sind sie?

Nachdem Peter Steiner den Namen des Hotels genannt hatte, wurde ihm erklärt man werde sich in den nächsten Tagen wieder melden und ihm entsprechende Instruktionen geben.

Stephan meinte darauf hin, dass man sie nun erst einmal beobachten und um abzuklären ob Polizei im Spiel sei.

In den nächsten zwei Tagen blieb jede Nachricht von den Entführern aus, sodass sie immer unruhiger und verzweifelter wurden.

Dann am nächsten Morgen schon sehr früh läutete das Telefon von Peter: - Sind sie bereit, haben sie das Geld?

Nachdem Peter das Bestätigt hatte kamen genaue Angaben über den Treffpunkt und die Uhrzeit der Übergabe.

Bevor der Entführer auflegen konnte, wollte Peter seine Tochter sprechen ohne dem würden sie nicht zahlen.

- Hallo Papa, ich bin es und ich bin wohlauf, hörte er die Stimme von Maren.

- Papa, ich gehe und übergebe das Geld. Ich bin fitter und kann notfalls auch schneller mich in Sicherheit bringen, sprach Stephan und nahm das Geld aus dem Safe.

- Ich wünsche dir und uns allen viel Glück. Pass auf dich auf, wünschte Peter ihm. bevor Stephan sich in das Taxi setzte.

Entsprechend den vorliegenden Anweisungen der Entführer, begab sich Stephan an einen Brunnen in der Stadtmitte.

Dort wartete er nur eine kurze Zeit bis ein junger Mann auf ihn zukam und im zurief: - Du Familie Steiner, wo Geld?

Stephan überreichte ihm sofort die Einkaufstüte in der sich das Lösegeld befand.

- Dort hinten Maren, rief der junge Mann nachdem er sich von dem Inhalt der Tüte überzeugt hatte und wies dabei auf das Ende des Platzes.

Stephan sah beim Umdrehen weiter hinten eine Frau die ihm zuwinkte und erkannte Maren, die unter Freudeschreien auf ihn zulief.

Beide sanken sich in die Arme und unter Tränen tauschten sie viele Küsse aus.

- Wir müssen sofort Vater verständigen, der auf heißen Kohlen sitzt, sagte Stephan bevor sie in ein Taxi stiegen.

Im Hotel angekommen saßen alle drei im Zimmer und Maren begann zu erzählen.

- Die Entführung fand bei einem Halt in der Nähe einer Tankstelle die sich auf offener Strecke auf der Rücktour nach Windhuk befand.

Meine Begleiterin Rita wollte noch fliehen, wurde von einem der drei Entführer verfolgt und mit einem Messer niedergestochen.

Mir wurden die Augen zugebunden und ich wurde gefesselt. Nach längerer Fahrt, ich nehme an nach Windhuk wurde ich in ein abgedunkeltes Zimmer gebracht und mir erklärt, dass ich nach Zahlung von Lösegeld freikäme. In den nächsten Tagen haben mich zwei der Männer immer wieder vergewaltigt. Es war sehr furchtbar für mich so erniedrigt zu werden mit Ekel erregenden Methoden!

Maren fing bitterlich an zu weinen und wollte auf dem schnellsten Weg zurück nach Deutschland.

- Ich habe hier furchtbare Angst und sehe immer wieder diese Männer vor mir, gab sie schluchzend von sich.

Peter und Stephan versuchten sie immer wieder zu beruhigen und buchten für den nächsten Nachmittag den Rückflug nach Frankfurt.

Vorher verabschiedete sich Maren von den Kolleginnen und den Kindern im Kinderheim, die sich sehr freuten sie lebendig wiederzusehen. Am Airport verständigte Maren die Polizei und machte alle wichtigen

Angaben, die zur Ergreifung der Täter führen könnten.

Zu Hause war die Wiedersehensfreude riesig und alle lagen sich in den Armen und weinten vor Freude.

Für das Wochenende lud Maren ihre Freunde ein und feierte zusammen mit ihrer Familie quasi ihre Wiedergeburt.

Inzwischen hatte sie Nachricht erhalten, dass sie zukünftig eine Stelle als Ärztin im Kinderkrankenhaus bekommen würde. Die Freude aller war also riesengroß und man feierte bis tief in die Nacht.

Nach einigen Wochen ging es ihr immer besser und sie konnte sich von den schlimmen Erinnerungen befreien. Dazu trug auch die Nachricht der Polizei aus Windhuk bei, das man die Täter gefunden und an Hand des restlichen Lösegeldes überführen konnte.

So kehrte wieder Ruhe in die Familie ein und Lena, die das Familienunternehmen nach der Abwesenheit von ihrem Vater Peter allein führen musste nun wieder seine Unterstützung hatte.

Außerdem stieg Stephan nach dem Masterabschluss auch in die Firma mit ein. Er brachte neue Ideen mit ein, die für die Weiterentwicklung wichtig waren.

Lena konnte sich nun auf den Export konzentrieren und war weltweit unterwegs um neue Kunden zu gewinnen.

Einer ihrer Geschäftspartner aus Wien hatte eine Tochtergesellschaft in Argentinien, wo sie schon längere Zeit vergeblich nach Möglichkeiten zur Markterschließung suchte.

Nun plante sie einen mehrwöchentlichen Besuch in Buenos Aires auf Empfehlung des Wiener Partnerunternehmens ein.

Nach dem mehr als vierzehn Stunden Flugzeit landete sie auf dem Pistarino Airport

Der argentinische Geschäftspartner holte sie in einem Firmenwagen ab und fuhr sie in ihr Hotel nach Recoleta, einem Stadtteil mit Flaniermeile und Edelboutiquen.

Das Viersterne Hotel empfing sie mit viel Luxus, einem Restaurant und zwei Bars.

Am Abend wurde sie von drei Herren empfangen, typisch südländisch im Aussehen, einer davon der sich als Diego Fernandez vorstellte, war groß und schlank, fast so wie man sich einen Tangotänzer vorstellt.

Lena war sofort von der offenen und fröhlichen Art der neuen Geschäftspartner begeistert.

Bei einem Glas Bier stellten sie ohne große Vorreden ihr Unternehmen vor und gaben ihr einen Einblick wo eventuelle gemeinsame Marktchancen liegen würden.

Erst später am Abend, wie üblich in Argentinien, begaben sie sich in ein typisches Restaurant - Argentino.

Bei einem Rotwein San Felipe, einem der besten Weine aus Argentinien, begannen sie mit einer Reihe von Vorspeisen wie zum Beispiel der cazuela de mariscos, ein Muschelragout mit Tintenfisch, das Lena besonders mundete.

Die Hauptmahlzeit bestand wie üblich, aus einem außerordentlich zarten und schmackhaften argentinischen Steak.

Während dem Essen erläuterte Lena die Situation ihrer Firma, die mit mehreren Partnern im Markt eine führende Position einnahm und nun sich auch in Südamerika etablieren wollte.

Das Gespräch wurde immer angeregter und fast schon persönlich.

Für den nächsten Tag wurde sie zur Besichtigung der Firma eingeladen, verbunden mit einem Stadtrundgang.

Der Wortführer der auch Geschäftsführer war und Lena sehr sympathisch geworden war, holte sie am nächsten Morgen im Hotel ab und zeigte ihr das Unternehmen, welches einen modernen und zukunftsorientierten Eindruck bei Lena hinterließ.

Bei dem Stadtrundgang, beginnend am Kongressgebäude, bekam sie einen ersten Überblick von der Metropole am Rio de la Plata machen.

Besonders das Hafenviertel La Boca mit seinem italienischen Flair begeisterte sie. Hier tanzten am Nachmittag einige Paare Tango auf der Straße und brachte sie zum Staunen.

Diego Fernandez, der sie begleitete und sich sehr um sie bemühte, erklärte ihr, dass sie am Abend eine Tango Bar besuchen wollen und sie dann gemeinsam in die Welt des Tangos eintauchen könnten.

Als sie dann in der Tango Bar bei einem guten Rotwein saßen und die typische Musik der Harmonika, des Bandoneon, hörten, wurde sie durch die Tanzpaare immer mehr verzaubert. Ihr Gegenüber Diego sagte dazu:  - Man sagt hier bei uns, Tango sind traurige Gedanken, die man tanzen kann.

Zu später Stunde durften auch die Besucher einen Tanz wagen. Diego führte sie dabei so aufmerksam und gewandt, sodass Lena ein Gefühl für den Tango bekam.

Es entstand dabei ein fast vertrautes Gefühl, das sie als Tanzpaar immer enger zusammenführte.

Die gesamte Stimmung, die im Lokal in der Luft lag, sprang auf alle Tanzpaare über. Dazu kam eine Beleuchtung die verführerisch wirkte und die Tanzenden gefangen nahm.

Lena spürte sich seit langer Zeit hingezogen zu einem Mann, der sie mit einem so großen Gefühl führte und ihr tief dabei in ihre Augen blickte.

Innerlich fing sie von diesem rassigen Argentino zu schwärmen an und stellte sich vor mit ihm diese Nacht zu verbringen.

In den Morgenstunden fuhren sie zusammen mit einem Taxi zu ihrem Hotel.

Im Taxi tauschten sie zarte Küsse aus, die später im Hotelzimmer sehr leidenschaftlich wurden. Sie liebten sich den Rest der Nacht mit einer Hingabe die Lena bisher völlig unbekannt war.

Noch nie bisher hatte sie sich einem Mann mit so großer Leidenschaft hingegeben und schlief in seinen Armen eng umschlungen ein.

Nach dem gemeinsamen Frühstück, das sie am späten Vormittag einnahmen, machten sie einen gemeinsamen Spaziergang auf der Avenida de Mayo der breiten Prachtstraße von Buenos Aires und Lena bekam einen Eindruck der mehrstöckigen Paläste und sie verbrachten die restliche Zeit in einem der feudalen Cafés.

Den Abend verbrachte sie dann im Stadtteil Palermo in dem das Elternhaus von Diego sich befand. Es war ein typisches Patrizierhaus, das auch heute von der Familie bewohnt wurde. In der Straße Serrano befand sich sein Lieblingsrestaurant, indem er freudig vom Inhaber begrüßt wurde.

Ihnen wurde dort eine typische argentinische Mahlzeit serviert, die mit Empanadas, Teigtaschen und Vitel tonne , hauchdünne Kalbfleischscheiben, begann und eine Grillplatte verschiedenen Fleischsorten als Hauptgericht. Dazu wurde ein fantastisch guter Rotwein Bianchi- Borgogna gereicht. Zum Nachtisch gab es einen hausgemachten flan , einen Karamelpudding.

Während des gesamten Abends ließen sie sich nicht aus den Augen und tauschten Blicke aus, die auf ihre frische Liebe schließen ließen und auch dem Personal nicht verborgen blieb.

Eng umschlungen gingen sie dann zu später Stunde in Richtung Wohnung von Diego im Stadtteil Palermo.

Es wurde wieder eine Nacht wie sie Lena bisher nie gekannt hatte.

Diego war ein zärtlicher und einfühlsamer Liebhaber, dem die Gefühle der Partnerin sehr wichtig waren und er weckte in ihr eine bisher unbekannte Leidenschaft.

Als Lena am Morgen als erste erwachte, konnte sie Diego still betrachten und ihre Gedanken gingen in die Zukunft.

- Wie könnte sie diesen einfühlsamen Menschen an sich binden und eine dauernde Liebe aufbauen. In welchem Land könnte das stattfinden. Familie und Firma forderten ihren Aufenthalt in Deutschland.

Nach dem gemeinsamen Frühstück gingen beide in das Unternehmen von Diego um die Zusammenarbeit zu besiegeln.

Lena war mit dem Ergebnis sehr zufrieden und wurde von Diego zum Airport gebracht.

Im Auto küssten sie sich noch einmal sehr leidenschaftlich und Diego flüsterte ihr ins Ohr: - Ich werde dich bald in Deutschland besuchen und dann sprechen wir über unsere gemeinsame Zukunft. Lena, ich liebe dich sehr und möchte mit dir zusammen sein.

Mit diesen Sätzen im Ohr ging Lena dann zum Flieger und war trotz Abschied fröhlich und freute sich auf die Zukunft.

Zu Hause begann dann sehr schnell die Realität mit sehr viel Arbeit in der Firma.

Aber alles ging ihr leichter von Hand und alle die mit ihr zu tun hatten, bemerkten das sich Lena total verändert hatte. Sie strahlte eine Zuversicht und Fröhlichkeit aus, die bei ihr völlig neu waren.

Stephan bemerkte bei ihrem ersten Gespräch:

- Lena was war in Argentinien? Du bist völlig umgewandelt und du strahlst eine Lebensfreude aus, die bei dir so nie vorhanden war. Hast du dich vielleicht verliebt im Land des Tangos?

Lena ließ die Frage im Raum stehen. Sie wollte sich jetzt noch nicht dazu äußern.

Wochen gingen vorbei und sie bekam nur eine Nachricht von Diego und war etwas enttäuscht.

Dann aber kam eine Mail in der er seinen Besuch in Deutschland ankündigte und um einen Terminvorschlag bat.

Von da an hatte sie nur noch seinen Besuch im Kopf und freute sich wie ein Teenager, der zum ersten Mal verliebt war.

Am Airport Frankfurt erwartete sie ihn dann mit zittrigen Knien und als sie ihn ihre Arme schloss, begann für sie ein neues Leben und Zeitrechnung.

- Mein Gott, ist das ein hübscher Mann. Er hat ein Lächeln wie ein Tangotänzer, strahlend und anziehend, dachte sie und konnte sich kaum noch konzentrieren auf die geschäftlichen Dinge, die sie mit ihm besprechen wollte.

Am nächsten Tag lud sie ihn zu einem Abendessen gemeinsam mit ihrer Familie, in ihrem Haus in Königsstein ein.

Nach der Begrüßung mit einem Aperitif ergriff Lena das Wort: - Liebe Helena, lieber Papa, liebe Geschwister, heute möchte ich euch ganz offiziell Diego Fernandez vorstellen. Er ist Geschäftsführer der Firma in

Buenos Aires, mit der wir zukünftig zusammenarbeiten werden.

Diego und ich haben uns dort in der Stadt des Tangos verliebt und wollen zukünftig miteinander leben. Das Procedere wo und wann haben wir noch nicht geklärt, aber fest steht das wir ein Paar sind. -

Alle waren von dieser plötzlichen Ankündigung überrascht und bevor jemand etwas sagen konnte, erhob Diego seine Stimme: - Ich freue mich euch nun kennenzulernen, meine zukünftige Familie. Mein Weg wird gemeinsam mit Lena hier in Deutschland sein und ich darf offiziell um deine Hand bitten. Lena ist meine große Liebe!

Nach dieser Rede klatschten alle Beifall und gratulierten beide innig und mit großer Freude.

Peter, als Vater antwortete darauf: - Liebe Lena, du hast dein bisheriges Leben unserer Firma gewidmet und dort all deine Energie hineingesteckt. Deine verstorbene Mutter Barbara hatte damals schon Bedenken geäußert, das du allein bleiben würdest und das Glück einer Partnerschaft an dir vorbei ginge. Wenn sie jetzt von oben zu uns herunterschaut, dann wird sie eine große Freude haben. Ich wünsche mir sehr, dass Diego in die Führung unserer Firma mit einsteigt. -

Alle waren sehr berührt von dieser Ansprache und nahmen das Paar in ihre Arme und küssten sie.

Diego flog eine Woche später nach Argentinien zurück um dort alles Notwendige zu regeln.

Sein zweitgeborener Bruder würde die Firma dort übernehmen und seinen Eltern zur Seite stehen. Zur bevorstehenden Hochzeit würde die ganze Familie nach Deutschland kommen und die neue Familie kennenlernen.

In Deutschland zurückgekehrt, wurde Diego als Mitgeschäftsführer in der Firma aufgenommen und beide Firmen beteiligten sich gegenseitig, sodass der Grundstein für eine erfolgreiche Zukunft gelegt wurde.

Danach wurde die Hochzeit in großem Stil mit Freunden und Geschäftspartnern gefeiert und es herrschte eine argentinische Fröhlichkeit, wie man sie in Deutschland nicht kennt.

Nach der Hochzeitsreise, die Lena unbedingt nach Griechenland in das Land von Helena machen wollte, begann dann bald der Alltag.

Nach der Einarbeitung von Diego in der Firma, der durch seine offene Art sehr gut angenommen wurde, konnte Lena sich etwas entlasten und verbrachte ihre Zeit nicht mehr nur im Unternehmen, sondern genoss ihr Leben mit Diego.

Nach einigen Monaten wurde Lena dann schwanger und gebar eine gesunde Tochter, die zu Ehren ihrer Mutter, auf den Namen Barbara getauft wurde.

Großvater Peter, der sich aus dem Geschäft weitgehend zurückgezogen hatte, war täglich an der Seite seiner Enkelin die er sehr liebte.

So lebte die Familie Steiner glücklich und alles war wohl geordnet.

Aber auch jetzt hatte das Schicksal Überraschungen bereit.

Peter klagte immer öfter über Schmerzen in der Magengegend und nahm zusehend immer mehr ab.

Die Ärzte stellten dann eine unheilbare Krebserkrankung fest.

Helena war seht mitgenommen und verbrachte jede freie Stunde an der Seite von ihrem geliebten Mann Peter.

Nach kurzem und intensivem Leiden verstarb er dann in den Armen von Helena. Der Schmerz aller Familienmitglieder war sehr tiefgehend und es fand eine Beerdigung im engsten Familienkreis statt, wie es Peter es sich gewünscht hatte.

Helena, die den Tod ihres geliebten Mannes nicht verdauen konnte, versuchte sich dann in ihrem Haus in Piräus abzulenken und verbrachte die nächste Zeit dort.

Gesundheitlich hatte sie der Tod doch stark mitgenommen und sie brauchte jemanden an ihrer Seite. Ihr Hilferuf nach Königstein blieb nicht ungehört.

Stephan, als leiblicher Sohn von Helena, rief die Familie zu einer Krisensitzung ein und er erklärte das er seine Mutter in Athen unterstützen wolle.

Lena schlug vor, dass er dort eine Tochterfirma gründen solle, die er dann in Zukunft weiterentwickeln könnte, Kunden wären dort schon vorhanden, die bisher von Deutschland betreut werden.

Diese Idee wurde von Stephan freudig angenommen, der dann zwei Wochen später mit gemischten Gefühlen nach Athen flog.

Er verließ eine intakte Firma, in der er Führungsqualitäten bewiesen hatte und musste nun neu anfangen.

Außerdem fiel ihm der Abschied von seinen Geschwistern nicht leicht. Aber das Schicksal seiner Mutter hatte Vorrang. Sie benötigte nun seine Unterstützung und war ihm sehr dankbar.

Beide richteten sich in dem kleinen Haus in Piräus dauerhaft ein und Stephan konnte für seine Firma schon die ersten Mitarbeiter gewinnen, die vorhandene Kunden betreuten.

Helena machte ihn innerhalb ihrer großen Familie bekannt und lud zu einer großen

Feier in ein großes Lokal in der Plaka, der Altstadt von Athen ein. Stephan war, wie damals sein Vater, total fasziniert vom griechischen Tanz, dem Syrtaki, den er mit einer jungen, sehr hübschen Frau, einer Großcousine, begeistert tanzte. Dabei sprang ein erster Funke der Liebe über, der sich in der nächsten Zeit vertiefte.

Als er dann seiner Mutter dieses hübsche Mädchen vorstellte, war diese begeistert und es entstand auf Anhieb eine familiäre Nähe mit ihr.

Ein halbes Jahr später erklärten beide, dass sie nun heiraten wollten.

Es wurde eine Hochzeit am Strand der Athener Riviera in einem speziellen dafür eingerichteten Lokal mit großem Saal, der sich zum Strand öffnete.

Es war eine Große Hochzeit an der die kompletten Familien Steiner und der von Helena teilnahmen.

Für die Mutter Helena war das eine der schönsten Momente in ihrem Leben als sich die beiden in der griechischen Kirche ihr Ja-Wort gaben.

Auch diese Ehe blieb nicht kinderlos und nach einem Jahr kam ein Junge auf die Welt der griechischen Natur, mit dunklem, gelocktem Haar und funkelten Augen, war.

Er wurde auf den Namen Nikolas getauft.

Helena betreute den Neugeborenen mit großer Fürsorge und Liebe, sodass die Mutter mit Stephan in der Firma sich betätigen konnte.

In Königstein war es nach dem Weggang von Stephan und Helena etwas ruhiger geworden. Dafür aber wurde die Familie von der kleinen Barbara belebt.

Maren, die immer noch in der Kinderklinik in Frankfurt arbeitete, hatte die Kleine ins Herz geschlossen und war wie eine zweite Mutter für sie da.

- Steht dir sehr gut. Du wärst eine gute Mutter, bemerkte Lena bei solchen Gelegenheiten und brachte Maren zum Nachdenken über ihre Zukunft. Bald würde der Zug für eigene Kinder abgefahren sein.

Es kam dann wie es kommen musste.

Bei einer großen Feier des Personals im Kinderkrankenhaus, kam sie einem Chefarzt näher und beide hatten eine leidenschaftliche Nacht miteinander. Dieses Abenteuer blieb nicht ohne Folgen, es kündigte sich ein Baby bei Maren an. Der Vater des Kindes war verheiratet und hatte selbst drei Kinder.

Nach langem abwägen und Gespräche mit ihrer Schwester Lena beschloss sie das Kind auszutragen und nicht abzutreiben.

Sie dachte dabei an ihren Bruder Stephan, der auch so zum Leben fand.

Nach neun Monaten wurde ein gesunder Junge von ihr geboren, den sie Peter nannte.

Mit Lena kam sie überein, dass er mit ihr in ihrer Familie groß werden sollte. So konnte sie ihren Beruf ausüben und der Kleine war bei ihrer Abwesenheit nicht allein.

So konnte die Familie Steiner durch ihr starkes Miteinander die Familie zusammenhalten und ihren Kindern eine gute Zukunft mit hervorragenden Perspektiven bieten.

Der Königsteiner Teil verbrachte ihren Urlaub regelmäßig bei der Familie von Stephan in Athen und umgekehrt war der Taunus sehr begehrt bei den Griechen!

Das Familienunternehmen Steiner wuchs in der Folge zu einem etablierten Unternehmen in Europa heran, das auch den nächsten Generationen Einkommen und Arbeit versprach.

Vierzig Jahre später:

Der Sohn von Stephan, Nikolas, übernahm die Leitung des gesamten Familienunternehmens Steiner.

Der Sohn von Maren, Peter, übernahm alle Firmen in Südamerika und lebte in Buenos Aires.

Die Tochter von Lena, Barbara, wurde Ärztin und betreute ihre Mutter und ihre Tante Maren in der Villa in Königsstein bis an deren Lebensende.


JASSU; ADIOS; AUF WIEDERSEHEN

Athina! Buenos Aires! Königsstein!